KB126863

저 벽까지

지은이 황영치

옮긴이 정미영

지은이 소개

황영치(黃英治).

1957년 기후 현(岐阜県)에서 재일 2세로 태어났다.

일본에서 2004년『記憶の火葬』로 노동자문학상 수상,

2015년 소설『あばた』로 제41회 부락해방문학상을 수상했다.

저서로

『記憶の火葬』(影書房 2007),

소설『あの壁まで』(影書房 2013),

소설『前夜』(コールサック社 2015)

『在日二世の記憶』(공저, 集英社新書 2016),

한국어판『전야』(한정선 역, 보고사 2017)

소설『こわい、こわい』(三一書房 2019.4)가 있다.

옮긴이 소개

정미영(鄭美英).

한국외국어대학교에서 일본어 전공,

프리랜서 번역가로 일하던 중

2017년 9월 <도서출판 품>을 만들었다.

번역서로

재일 2세 박기석의『보쿠라노 하타』(우리들의 깃발) 1권, 2권,

나카무라 일성(中村イルソン)의『르포, 교토 조선학교 습격사건』이 있다.

AnoKabe Made (あの壁まで)

Copyright ⓒ2013 Hwang Yeong Chi

Originally published in Japan by KAGESHOBOPublishing Co.All rights reserved.

Korean translation copyright ⓒ2019 by POOMBOOKS

Korean edition is published by arrangement with POOMBOOKS

故 최철교 선생께 이 책을 바칩니다.

목 차

추천의 글

이 철 (재일한국인 양심수동우회 대표)

글을 쓰는 일과는 거리가 먼 나에게 추천사 요청이 온 이유는 아마도 1970년대 중반부터 십수 년간 故최철교 선생님과 같이 옥고를 치렀기 때문일 것이다. 존경하는 선생님의 이야기가 한국에서 출간된다는 기쁜 소식을 듣고 짧은 추천의 말씀이나마 올리고 싶은 마음에 펜을 들어본다.

이 책은 암울했던 1974년 친지방문을 위해 고향을 찾았다가 김포공항에서 보안사에 끌려간 뒤 곧바로 구속되고 사형선고를 받으신 故최철교 선생님과 하루아침에 간첩의 가족으로 전락하고 만 가족들이 감옥 안팎에서 어떻게 싸우며 긴 세월을 버텨왔는가를 보여주는 실화이다. 고국의 많은 분들이 이 책을 통해 재일동포 간첩사건 피해자와 가족들이 얼마나 큰 고통 속에 살아왔는지 조금이나마 이해해 주시기를 간절히 바란다.

1970대부터 80년대 군부독재정권이 계속되었던 시절, 잇달아 재일동포 간첩단 사건이 발표되었고 대다수 국민들은 그것을 사실로 믿었다. 그렇게 간첩으로 만들어져 감옥에 들어간 재일동포들의 수는 100명을 넘는다. 그러나 40여년이 지난 지금 그동안의 구명운동과 민주화과정을 거치며 모든 사건이 고문과 폭력으로 날조된 것이었음이 명백히 밝혀졌다. 재심을 통한 무죄선고가 잇따랐고 영화 「자백」을 본 시민들은 놀라움과 분노를 금할 길이 없었다.

90년대 말 재일동포 양심수들은 <재일한국인 양심수 동우회>를 만들고 28년에 이르는 활동을 통해 억울함을 호소해 왔고 2010년 대에 시작된 재심투쟁으로 현재까지 재심청구 신청자 37명 전원이 무죄를 선고받았다. 여기에는 故최철교 선생님을 비롯한 사형수 4명도 포함되어 있으며 이 추세는 앞으로도 계속될 것이다. 2019년 6월 27일, 오사카에서 열린 G20정상회담에 참석한 문재인대통령은 재일동포들과 만난 간담회에서 독재권력의 폭력에 깊은 상처를 입은 재일동포 간첩조작사건의 피해자들에게 진심어린 사죄를 하고 피해자들을 위로했다.

"재일동포 여러분들은 대한민국의 민주화에 있어서도 희생과 헌신을 함께 해 주셨습니다. 군부독재시대에 많은 재일동포 청년들이 공안통치에 의해 날조된 간첩사건의 피해자가 되었습니다. (중략) 재심을 통해 무죄판결이 이어지고 민주화의 공로자로 인정은 받았지만 마음 깊은 상처를 치유하고 빼앗긴 시간을 되찾기에는 너무나도 부족합니다. 정부는 진실을 규명하고 상처를 치유하기 위한 노력을 계속해 나아갈 것입니다. 무엇보다도 독재권력에 의해 깊은 상처를 입으신 재일동포 간첩단 날조사건의 피해자 분들과 가족 여러분들께 대통령으로서 국가를 대표하여 마음속으로부터 사죄와 위로의 말씀을 드립니다."

아직도 고통에 시달리고 있는 피해자들에게 대통령의 사죄는 뜻깊은 일이었다. 국가폭력으로 희생된 분들의 명예회복과 진상규명이 하루 속히 이루어지는데 독자들께서도 힘을 모아 주시기를 간곡히 부탁드린다.

2019년 10월 좋은날

강 너머에

내가 일어나 부엌으로 나갔을 때 어머니는 식사를 마친 종업원들의 그릇을 치우는 중이었다.

"어라, 오늘은 웬일로 옷도 다 갈아입고."

어머니는 교복을 입고 있는 내 모습을 보고 흡족해 하더니 설거지를 시작하면서 "'오빠'랑 동생들은 아직도 자?" 어깨너머로 두 남동생과 여동생들의 기척을 물었다.

아버지와 어머니가 그렇게 부르니 나까지 한 살 아래 남동생을 '오빠'라 부른다. 그 때문에 친구들과 얘기 할 때도 무심결에 이 동생을 '오빠'라 했다. 그러면 "어? 네가 맏이 아니었어?"하며 의아해 했다. 나는 남동생을 '오빠'라 부르는 게 이상한데다 부모님, 특히 어머니가 장남을 특별취급 하는 게 늘 못마땅했다. 하지만 살가운 동생은 내가 '오빠'라 부르면 살가운 성격대로 '왜, 누나'하며 순순히 응했다. 그러면 못마땅했던 기분도 비눗방울이 터지듯 사라졌다. 그렇긴 해도 '장남은 특별하다'는 어머니의 편애를 느낄 때마다 내 불평과 불만은 다시 또 비눗방울처럼 끊임없이 부풀어 올랐다.

그런데 오늘 아침은 그것보다 훨씬 중요한 일에 온통 마음이 쏠려 있다.

"아직 자."

뭉뚝하게 대꾸한 뒤 어머니가 '오빠'와 동생들을 깨우라고 하기 전에 얼른 가운데 방으로 들어가 버렸다.

방 안 정면 거울에 익숙하지 않은 교복을 입고 있는 내가 보인다.

두 갈래로 묶은 머리, 깃에 흰줄 세 개가 들어간 세일러복이 도무지 맘에 안 든다. 나한테 가장 중요한 문제는 입기 시작한지 채 3주가 안 되는 이 교복이다. 하얀 리본이 도무지 예쁘게 묶어지지 않는다. 깃 뒤쪽에서 약간만 앞으로 나오게 매고 싶은데 끝이 너무 많이 보이거나 아예 안 보이게 되어 버렸다.

남동생과 여동생이 생길 때마다 어머니의 관심은 그 녀석들한테로 옮겨갔다.

"이제 중학생이니까 뭐든 스스로 해야지."

입학식 날 아침 어머니는 이렇게 선언했다. 그렇지 않아도 아침 시간에 어머니는 시뻘겋게 달궈진 쇠 자체다. 어쩐지 살벌하기까지 하다. 교복 리본 따위는 말도 꺼내지 못한다.

거울 앞에서 여러 번 리본을 고쳐 매보았다. 방금 전에 맸던 방법을 다시 확인하며 몇 번을 매어 봐도 맘에 들지 않았고, 서서히 짜증이 슬픔으로 바뀌려 할 때 거울 한쪽 구석으로 다정스레 웃는 아버지 모습이 들어오더니 점점 크게 다가왔다.

"잘 잤어? 왜 그래, 심각한 얼굴로."

아래층 가게 안에 가득 쌓인 담배꽁초와 바닥에 칠한 왁스냄새. 파친코 구슬이 튀어나와 유리에 부딪히는 소리. 와르르 쏟아진 은빛의 산더미 같은 구슬들. 유행가와 함께 1시간 간격으로 울려 퍼지는 노래는 옛 일본군 군가인 '군칸마치'다.

"저 노래만 들으면 몸서리가 쳐 친다니까."

언젠가 아버지는 치료가 끝난 충치가 별안간 통증을 일으킨 것 같은 불쾌한 표정으로 어머니에게 이렇게 말했다.

"그래도 장사를 해야 하니 별 수 없지 뭐."

한숨을 내 쉬며 혼잣말을 하기도 했다.

당첨 구슬이 나온 걸 알리는 벨소리가 쉼 없이 들린다. 어수선한 소음이 끊임없이 이어지는 것이 우리 집의 일상이다. '호타루노 히카리'(蛍の光 윌리엄 쉴드 작곡의 스코틀랜드 민요. 한국에는 '석별의 정'으로 소개됨)를 끝으로 소란스러움이 잦아들면 담배와 바닥 왁스냄새가 더 진하게 풍겨온다. 출입문과 창을 모두 연 뒤 의자를 정리하고 청소하는 소리가 들린다. 내가 그 냄새를 맡고 그 소리들이 들리는 시각까지 깨어있는 일은 거의 드물었다. 하지만 어쩌다 밤중에 잠이 깨어 안채 바깥에 있는 화장실에 갈 때면 파친코 기계의 헐거워진 못을 두드리는 희미한 소리가 들린다.

'콩콩 캉캉'

아버지가 하는 일 가운데 '가장 중요한 작업'이라 한 파친코기계를 손보는 소리다. 한밤중에 울리는 우리 집 심장의 고동소리.

— 아직까지도 일하시는구나. 이 동네 어느 누구보다도 늦게까지….

나는 콧속이 찡하게 아파와 눈물이 쏟아질 것만 같았다. 그래서 용변을 보고나면 서둘러 이불 속으로 돌아오곤 했다.

아버지와 우리가 하루 일과의 리듬이 겹쳐질 때는 해가 질 무렵이다. 동생들은 학교나 인근 공원에서 집으로 돌아오고 아버지는 분주한 마감을 마친 후 은행을 돌거나 경품구매를 끝내고 한 숨 돌리신다. 부엌에 있는 큰 테이블에 식구들이 모두 모인 저녁식사 시간에 아버지는 반드시 다섯 자식들에게 오늘 있은 일을 보고하게 하신다. 그걸 듣고 지나치게 기뻐하거나 약간 놀라기도 하고 우리 모두를 칭찬하면서 훈계 같은 말을 해주었다. 나는 날마다 이런 시간이 있으면 좋겠다고 생각했지만 그런 날은 한 달에 손꼽을 정도밖에 되지 않았다. 아버지는 그 시간에 대부분은 시내에 나가 있어서 가게 문을 닫을 시간이 가까워서야 돌아오는 것이 보통이었다. 그리고 그날 장사로 번 돈과 경품, 구슬의 수량 확인 등 가게 문을 닫는 것보다 더 번잡한 마무리를 모두 마친 후 깊은 밤 고독하게 아버지만의 작업을 한다. 때문에 우리들은 아버지가 주무시는 불룩한 이불을 보고서야 아버지가 계신 걸 확인하는 날들이 많았다. 물론 아버지는 우리 집에서 가장 훌륭하고 무섭고 다정하고 의지가 되는 분이다. 하지만 아버지의 존재감은 어머니와 비교하면 어딘가 어렴풋해 공기나 물 같은 느낌이었다.

"웬일이야 아버지, 이 시간에?"
나는 금방이라도 떨어질 것 같은 눈물을 보이기 싫어서 뒤돌아보지 않고 거울 속 아버지에게 일부러 놀라는 시늉을 했다. 아버지는 어느새 머리도 빗고 수염도 깎고 넥타이까지 매고 있었다. 담배 냄새와 포마드 향이 코를 간지럽힌다. 아버지는 내 물음에는 답하지 않은 채 내 뒤로 와서 섰다. 거울 속에서 눈이 마주쳤다. 그렁그렁한 내 눈을 들여다 본 아버지는 표정이 약간 어두워졌다.
'앗, 들켰다…'
시선을 떨군 내 양쪽 어깨를 아버지가 살포시 주물렀다. 나는 다시 아버지의 눈을 쳐다보았다.
"다 큰 아가씨. 오랜만에 보는 것 같네. 요즘엔 아버지를 별로 찾지도 않고. 세일러교복이 아주 잘 어울리는 걸. 자, 침착하게 다시 한 번 묶어 봐."

아버지는 언제나 내 맘을 너무 잘 알아준다. 아버지 말에 용기를 얻어 리본을 다시 푼 다음 천천히 매어 보았다. 마법에 걸린 것처럼 손가락이 부드럽게 움직였고 활짝 펼쳐진 백조의 날개모양으로 리본이 완성됐다. 뒤돌아서 아버지를 올려다보자 만족스러운 듯 고개를 끄덕이시더니 내 어깨에 손을 올린 채 말하셨다.

"잘 하면서 그래. 그나저나 전에도 얘기했지만, 아버진 오늘 낮 비행기로 한국에 갈 거야."

"아, 맞다. 그랬었지."

"너도 2년 전에 같이 가서 봤듯이 그쪽에 있는 친척들의 처지가 너무 딱해. 게다가 할아버지도 몸이 좀 안 좋으셔. 아버지가 장남이니까 이런저런 일들을 같이 의논해야 해. 일주일이면 돌아 올 거야. 넌 제일 큰 누나니까 어머니를 도와주면 좋겠다. 뒷일을 부탁할게."

내가 다 컸다고 인정해주시며 아버지의 빈자리를 부탁하셨다. 이건 둘 만의 소중한 약속으로 해둬야지. 형태도 없는데다 반짝이지도 않지만 아버지한테 비밀스런 보물을 받은 기분이었다. 나는 일어나서 아버지의 손을 잡았다.

"걱정 마! 나한테 맡겨."

너무 단호하게 말해버려서 갑자기 쑥스러웠다. 멋쩍음을 감추려고 바로 덧붙여 말했다.

"그러니까 내 선물은 특별한 걸로."

"하하하, 알았다!"

아버지가 유쾌하게 웃는다.

"자, 밥 먹자. 어머니가 기다린다."

따뜻한 봄 햇살이 들어와 환해진 부엌으로 아버지가 내 등을 살며시 떠밀었다.

아버지는 예정된 일주일을 넘기고도 돌아오지 않았다.

'뒷일을 부탁한다'고 하셨으니 실제로 그럴 생각이었다. 하지만 중학교 1학년인 내가 무슨 특별한 일을 할 수 있는 것도 아니다. 그저 어머니의 하사관이 되어 동생들에게 지시를 내릴 뿐. 그 때문에 남동생들은 거칠게 반항했고 여동생들도 어지간히 싫어했다. 나는 아버지가 곧 돌아오니까 '오빠'와 동생들과 껄끄럽게 지내기보다 아버지에게 자랑스럽게 얘기할 수 있도록 최소한의 역할을 하려고 했다. 어머니가 짜증내지 않고 조금은 흐뭇해하도록 하자. 아침엔 깨우기 전에 일어나고 학교에서 돌아오면 빨래를 걷어 개어 놓고 어머니가 시킨 일은 싫은 내색 하지 말고 해 두자. 앞으로 4, 5일이면 되는데다 까짓것 그리 대단한 일도 아니었다.

아버지가 떠난 후 아무 말 없는 전화가 걸려왔다. "여보세요." 하면 전화를 뚝 끊었다. 그런 일이 두세 번 있었다. 남동생과 여동생들에게 물으니 자기들도 그런 전화를 받았다 했는데 "아버지 집에 계시냐." 묻기도 하고 "어머니에게 전화를 바꿔라." 명령하듯 말하는 전화도 왔다.

그 무렵 어머니는 전화벨이 울릴 때마다 몸을 움찔했다. 우리가 전화를 받으려고 하면 "내가 받을게." 하며 굳은 자세로 황급히 수화기를 들었다. 그리고 어김없이 우리에게 등을 보였다. 그러는 모습이 오히려 우리들의 주의를 끌었다. 어머니는 우리 눈치를 살피면서 상대의 말을 놓치지 않으려 했고 또 우리가 알아듣지 못하게 하려는지 귓불이 하얗게 변할 만큼 오른쪽 귀에 전화기를 바싹 붙이고는 왼손바닥으로 수화기를 감쌌다. 하지만 대부분은 그런 자세가 곧 흐트러졌고 이내 일본어로 말하기 시작했다. 그런데 어느 땐 경직된 자세로 들릴 듯 말 듯 한국말로 통화할 때가 있었다. 한국말로 말할 때는 굳은 자세를 유지한 채였다.

우리에게 들리지 않도록 통화를 끝낸 어머니의 얼굴은 어김없이 파랗게 질렸고 초점이 흐트러진 눈동자가 허공을 헤매었다. 나는 이상하게 여기면서도 어떤 전화였는지 묻지 않았다. 물어서는 안 될 것 같은 심각한 분위기가 어머니에게 느껴졌기 때문이다.

아버지가 돌아오기로 한 날로부터 3일이 지난 날 저녁식사가 끝날 무렵이었다. 몇 번인가 다시 그 전화가 걸려왔다. 어머니는 긴장된 자세로 우리에게 등을 돌린 채 전화를 받았다. 여태까지 보다 훨씬 길게 한국말로 통화를 하더니 수화기를 내려놓았다. 막내 녀석이 천진난만하게 누구한테 온 전화였는지를 물으며 어머니 허리께에 매달렸다. 어머니가 어쩔 줄 몰라 한다. 무슨 일이 벌어진 게 틀림없다. 하지만 무슨 일인지 물어서도 안 되고 묻는다 해도 말해주지 않을 거다.

"일 때문에 걸려온 전화야."

나는 동생을 어머니에게서 떼어놓으려 했다. 어른들은 애들이 들으면 안 되는 이야기는 한국말로 했다. 그건 아버지와 어머니 뿐 아니라 외갓집 할아버지랑 할머니도 어김없이 그랬다. 한국말로 대화하는 어른들에게 "무슨 얘기하는 거야?" 물어도 너흰 몰라도 된다는 쌀쌀맞은 대답만 돌아왔다. 때로는 "어른들 얘기를 엿듣는 건 버릇없는 짓이야." 하며 꾸중을 듣기까지 했다. 하지만 조금 전 어머니의 한국말 통화는 내가 지금까지 보아 온 어떤 비밀스런 대화를 할 때의 한국말보다도 훨씬 더 정체를 알 수 없는 어른들의 비밀이야기임에 틀림없었다.

그런데 소학교 1학년인 막내는 쉽게 단념하지 않았다. 막내라 응석받이로 자라서인지 한 번 묻기 시작한 건 좀처럼 그만두지 않는다. 고집스레 되묻는 질문에 어머니 입술이 파르르 떨리기 시작했다.

"그만 물어! 애들이랑은 상관도 없고 우린 알지도 못하는 일이야!"

나는 이렇게 소리치고 어머니에게 매달려 있던 동생의 가느다란 팔뚝을 잡아당겨 작고 연약한 몸을 힘껏 밀쳐냈다. 맥없이 허리부터 공중에 떠올라 엉덩방아를 찧고 그 바람에 뒤로 나동그라진 동생은 뒷머리를 세게 부딪치고는 불에 덴 것처럼 울음을 터뜨렸다.

"언니!"

첫째 여동생이 다그치듯 고함을 지르더니 동생에게 달려가 일으켜 세웠다. 하지만 어머니는 꼼짝도 하지 않았다. 무슨 일이 있었는지 알 수 없다는 표정으로 막내와 첫째 여동생을 쳐다보다가 겨우 정신이 들었는지 이렇게 말했다.

"울 것 없어. 너흰 TV라도 보고 있어. 큰 누난 잠깐 이쪽으로 오고."

눈에 넣어도 아프지 않을 만큼 예뻐하는 막내를 밀쳐내고 울게 만들었다. 평소 어머니 같으면 이유야 어떻든 나를 심하게 야단쳤을 것이다. 그런데 어머니는 싱크대 위 수납장에서 과자를 꺼내 동생들에게 건네고 그 자리를 수습했다. 거실 텔레비전에서 소란스런 애니메이션 주제가가 흘러나오기 시작했고 나는 어머니를 따라 가운데 방으로 들어갔다.

'딸깍'

형광등 스위치 줄을 당기는 소리가 났다. 번갯불 같은 점멸이 이어지는 동안 방안 거울에 부서질 듯 경직된 어머니의 얼굴이 두 번 보였다 사라졌고 이내 불빛이 방 전체를 가득 채웠다. 순간적으로 침침해진 눈이 빛에 익숙해졌다. 다시 한 번 어머니 얼굴을 확인하려고 거울을 보니 그곳엔 질끈 묶은 검은 머리의 어머니 뒷모습이 있었다. 초점을 눈앞으로 옮기자 전혀 다른 사람처럼 온화한 표정의 어머니가 나를 보고 있다. 조금 전 거울에 비친 어머니. 지금은 미소까지 띠고 있는 어머니. 그 어느 쪽도 보아서는 안 되는 — 안 될 것 같은 느낌이 들었다. 내가 어쩔 줄 몰라 하는 걸 민감한 어머니가 모를 리 없다. 하지만 어머니의 표정은 온화하기만 하다. 어머니 입술이 천천히 움직였다.

"아까 그 전화, 아버지한테 온 거야."

"뭐…?"

"너도 알지, 한국에 있는 삼촌이 장사를 시작했잖아. 그게 잘 안 돼서 아버지가 당분간 거기서 함께 일하게 됐대. 전화가 올 때마다 아버지한테 빨리 일본으로 돌아왔으면 좋겠다고 했어. 아버지가 처음에는 어찌할까 망설이더니 아깐 '어떻게 형제를 그냥 모른 척 해. 여기 장사는 내가 없어도 어떻게든 꾸려지잖아' 라며 역정을 내잖아. 그래서 좀 다툰 거야."

"그래서 전화를 받을 때마다 무서운 표정이었구나. 근데 아무 말도 없는 전화나 이상한 전화도 왔잖아."

"한국에서 건 전화라 연결이 잘 안 될 때도 있어서 그래. 그러니까 걱정 안 해도 돼. 다 괜찮으니까."

"괜찮다니, 뭐가."

"아니, 그저, 그렇단 얘기야."

"그럼, 아버진 언제 와?"

어머니는 고개를 조금 들어 천정을 향하고 눈을 감았다. 그리고 천천히 다시 눈을 뜨고 숨죽이며 나를 보았다. 또다시 불안해졌다.

"빠르면 2, 3주. 아니, 좀 더 걸릴지도……. 아직 확실히 몰라."

일어선 채로 얘기하던 어머니와 나는 다다미 바닥에 앉았다. 어머니가 내 손을 잡았다.

"넌 젤 큰 누나잖아, 이제 중학생이고. 아버지가 안 계셔서 힘들 때도 있을지 몰라. 그땐 네가 '오빠'랑 동생들을 보살펴 주면 좋겠다."

어머니가 내게 도움을 청한다. 그토록 강한 어머니에게서 보기 힘든 일이다. 하지만 어머니를 돕는 일은 아버지와의 약속이기도 하다.

"응…"

어머니의 표정과 태도 때문에 불안을 떨칠 수는 없었지만 짧게 대답했다. 그렇게 대답하지 않으면 안 될 것 같았다. 안 그러면 어머니가 부서져버릴 것만 같았으니까.

분명히 아버지가 얘기 — 했다고 어머니는 말했다 — 한대로 가게는 아버지가 없어도 이전과 다름없이 문을 열고 손님을 맞이하고 배웅했다. 파친코 구슬을 다 쏟아내고 보충해 넣는 소리는 쉼 없이 이어졌다. '군칸 마치'가 1시간 간격으로 울려 퍼졌고 '호타루의 히카리' 노래가 나오면 가게 문을 닫았다. 외삼촌이 매니저가 되어 어머니를 도와 아버지의 빈자리를 메웠다. 게다가 주임으로 오랫동안 일하고 있는 일본인 아저씨도 이전보다 더 2층 안채로 자주 올라와 부엌에서 전표정리를 하거나 경품구매 준비를 했다. 어머니는 집안일을 하는 한편으로 가게에서 쓰는 액수가 큰 금전관리와 은행관련 업무를 도맡았다. 내가 보아도 좀 과하게 일하는 것이 아닐까 싶을 정도로 자는 시간을 아까워하며 일했다.

이렇게 아버지가 안 계신 생활이 우리들의 일상이 되었다. 애초에 아버지는 우리에겐 '있는데도 없는 것 같은 사람'이었기에 익숙해지는데 그리 시간이 걸리진 않았다. 그럼에도 나는 동생들에게 제안해 함께 아버지에게 편지를 썼다. 아버지가 빨리 돌아왔으면 좋겠다고 저마다 짧은 편지를 써서 한 봉투에 넣었다. 나한테 가르쳐준 한국의 주소는 내가 써서 어머니에게 우편함에 넣어달라고 했다.

초여름 한밤중의 일이다. 최고 무더위를 기록할 만큼 기온이 높았던 한낮의 노곤함이 나를 초저녁에 잠들게 한 모양이었다. 깜깜한 어둠속에서 잠이 깨보니 내가 어디에 있는 건지 알 수 없었다. 몸을 일으키자 홑이불이 어깨 아래로 떨어졌다. 벽 높이에는 작은 전등이 켜져 있었다. 자세히 보니 그것은 거울에 비친 부엌 형광등 같았다. 가운데 방에서 잠이 들었나보다 싶어 가슴을 쓸어내렸다. 안심이 되자 또 다른 일이 걱정이 돼 현관 밖으로 나왔다. 계단 아래에는 전등 빛이 환하게 밝았다. 가게 문을 닫기 전 마지막으로 해야 할 작업이 아직 끝나지 않은 모양이었다. 귀를 기울여 보았다.

'콩콩 캉캉캉' '코콩 캉캉'

아버지가 하는 못질 소리와는 다른 소리가 들린다. 나는 불쑥 차오르는 두 눈의 눈물을 오른손 엄지와 집게손가락으로 훑어 단숨에 훔쳤다.

어머니가 만들어준 도시락과 과자 그리고 물놀이 용품까지 챙겨 동생들을 데리고 체육공원에 있는 시민수영장에 갔다. 모처럼 여름방학인데 아버지가 안 계셔서 아무데도 데려가 주지 못하니 하다못해 수영장이라도 보내야겠다는 어머니의 의도 때문이었다. 어린동생도 있으니 택시로 다녀와도 좋다고 했다. 올 여름은 유난히 덥다. 오늘도 아침부터 구름 한 점 없는 쾌청한 날씨라 태양이 이글거리는 것만 같다. 뜨거운 햇살이 사정없이 땅바닥에 내리쬐었다. 온도계 수은주가 눈 깜짝 하는 사이에 35도까지 쑥 올라갔다. 하지만 이날 수영장에 가는 건 우리가 바라지도 않았던 일이다.

아침 9시부터 2시간 동안 수영을 한 우리는 야구장 옆 나무그늘에 야외용 돗자리를 깔고 도시락을 먹었다. 둘째 여동생과 막내는 수영장에서 너무 놀았는지 배가 부르자 자연스레 누워 꾸벅꾸벅 졸기 시작했다. 나와 '오빠'와 첫째 여동생은 가지고 온 배드민턴을 치기 시작했다. 수영장에서 식었던 몸이 이내 땀범벅이 되었다. 처음 계획은 1시부터 한 번 더 수영장에 들어가 상황을 지켜보다가 적당한 시간에 나와서 집에 돌아가는 것이었다. 그런데 잠이 든 두 동생이 일어날 기색이 없었기에 나는 남아 있고 '오빠'와 큰 여동생에겐 1시간만 수영장에 갔다 오라고 했다.

구름이 이따금씩 햇빛을 가려주기도 했는데 이내 태양이 다시 얼굴을 드러냈다. 딱히 할 일이 없어서 두 동생 옆에 나도 누웠다. 파란 하늘에 눈이 부셔 눈을 감으니 매미 떼들의 울음소리가 갑자기 요란해지다가 훌쩍 멀어졌다. 바람이 살랑살랑 불어와 기분이 좋았다.

'오빠'가 나를 흔들어 깨울 때까지 깊이 잠들었던 모양이다. 어느새 둘째 여동생과 막내가 일어나 가져온 과자를 모조리 먹어치우는 중이었다.

목이 마르다며 자동판매기의 음료수를 사 달라 조르는 동생들에게 주스 살 돈이 안 남아서 음료수를 사면 집에 걸어서 가야된다고 겁을 줘 입을 다물게 했다. 물통에 남아있던 미지근한 물을 마시게 한 뒤 공중전화로 택시를 불렀다.

1층 파친코 가게 앞에 택시가 멈춰서고 뒷좌석 문이 열리자 두 남동생과 둘째 여동생이 앞을 다퉈 내렸다. 조수석에 앉은 내가 운전수에게 요금을 내고 마지막으로 택시에서 내렸다. 늘 그렇듯 큰 여동생이 내가 내리길 기다려 한 가득인 짐을 함께 들어주었다. 먼저 내린 세 녀석은 벌써 2층으로 올라가는 철 계단을 뛰어오르느라 요란한 소리를 냈다. 우리가 파친코 옆 골목에 들어서자 바로 그 위에 있는 2층 현관문을 열고 "다녀왔습니다." 하며 신이 난 목소리로 어머니에게 귀가를 알렸다.

실컷 놀다왔다는 건 동생들 얼굴만 봐도 안다. 어머니는 분명 '큰누나가 애썼네. 고마워' 라고 말해주겠지. 그 말을 기대하고 현관문을 열었는데 심상치 않은 긴장감이 우리를 덮쳐왔다. 현관에서 부엌을 지나 정면에 보이는 거실 텔레비전 앞에 어머니가 있었다. 꿈쩍도 하지 않고 화면을 쳐다보고 있다. 모든 것을 얼어붙게 만들 것 같은 지독하고 싸늘한 기운은 거기서 풍겨 나왔다. 먼저 들어 간 동생들은 자신들을 반겨주지도 않은 어머니 모습에 겁을 먹고 자기들 방에 들어가 숨죽이고 있는 것 같았다. 내 기대는 한순간에 사라지고 말았다. 싱크대에는 설거지를 하다만 그릇이 그대로 있었다. 평소 어머니 같으면 결코 이런 일은 없다. 접시 하나 컵 한 개라도 싱크대에 그냥 두는 걸 싫어하는 분이다. 나는 큰 여동생을 다른 동생들이 있는 방으로 들여보내고 거실 문턱에서 어머니를 살폈다. 어머니의 어깨가 떨리기 시작했다.

텔레비전 아나운서의 목소리가 귀에 들어왔다. 그 음성은 곧바로 현장취재 기자의 발음이 뚜렷하지 않은 빠른 말로 바뀌었다.

"무슨 일 있었어?"

간신히 용기를 내 거실에 발을 들여놓으며 물었다. 어머니가 근심 가득한 표정으로 돌아본다. 표정뿐만 아니라 온몸이 당장이라 도 조각조각 부서져버릴 것 같았다.

"대통령에게 총을 쏘았대……"

"미국 대통령?"

여름방학이 시작되기 전에 사회선생님이 말한 케네디대통령이 떠올라 물었다.

"아, 아니. 한국대통령."

"한국?"

"자이니치 청년이 쐈대. 오사카에 있는 파출소에서 권총을 훔쳐 서…"

"어떻게 됐어? 죽은 거야?"

"영부인이 병원에 실려 갔어. 합창단 여학생도."

"대통령은?"

"무사해."

"어떻게… 그런 일이."

나도 모르게 기분이 언짢아져 중얼거렸다.

"안 돼. 저러면 안 된단 말야."

어머니는 그 사태를 받아들이지 못했다.

"뭐가 안 된다는 거야?"

"자이니치니까. 자이니치가 저지른 일이니까. 아아, 이러면 큰일 나. 이 일을 어떡하니. 어쩌면 좋으냐고……"

작년 이맘때 방금 그 대통령과 대선을 앞두고 경쟁한 한국의 정치가가 — 분명 '김대중'이라는 분이었다 — 도쿄에 있는 호텔에서 납치돼 큰 소동이 벌어졌다. 나는 아버지에게 그게 어떤 일인지 물어본 기억이 있다. 그때 아버지는 상당히 긴 시간을 들여 설명해주었는데 지금은 그때 들은 얘기가 대부분 생각나지 않는다. 하지만 확실히 기억나는 두 가지 있다. 하나는 오늘 총에 맞을 뻔한 대통령이 도무지 입에 담는 것조차 싫다는 듯 아버지가 대통령이란 호칭도 없이 이름만 말했던 것. 그리고 납치사건의 범인이 KCIA라는 알파벳 네 글자로 된 조직의 사람이라 의심할 여지없이 저 대통령이 명령한 것이라고 단정했던 일이다.

나는 그 후로 이 알파벳 네 글자를 머릿속에 새기고 저 대통령은 사람을 납치하기까지 하는 '나쁜 사람'이라고 생각해왔다. 내가 아버지에게 물었던 때가 분명 저녁식사 때였으니까 어머니도 함께

들었다. 그러니까 아버지 생각이 어머니한테도 분명 전해졌을 것
이다. 그런데 무슨 일이든 아버지를 따랐던 어머니가 저 대통령이
총에 맞았다고 해서 — 하긴 영부인과 합창단 여학생이 병원으로
실려 간 일은 안타깝지만 — 왜 저토록 겁에 질려 한탄하고 슬퍼하
는지 알 수 없었다.

"우리랑 무슨 상관이라도 있는 거야?"

"상관없을…거야."

"그럼 된 거 아냐."

나는 깊은 수렁으로 떨어져 그곳에서 기어 올라올 기력조차 없어
보이는 어머니에게 힘이 되어주고 싶어서 일부러 밝게 말했다.

"되긴 뭐가 돼! 그걸 네가 어떻게 알아!"

어머니의 촉촉한 눈 속에 분노의 불꽃이 타오르더니 단숨에 나
를 향해 방출되었다. 불꽃이 내게 옮겨 붙는다. 마음이 타들어 가
고 몸이 굳어져 순식간에 위축되었다. 혀 안쪽이 부풀어 올라 질식
할 것만 같았다. 숨이 막혀 나도 모르게 손을 앞으로 뻗었다. 어머
니가 놀라 내 손을 잡으며 끌어안았다. 부지직 타들어가던 마음이
조금은 식는 것 같았다.

"네 말이 맞아. 넌 아무 잘못 없어."

어머니가 내 왼쪽 귀에 속삭였다. 나는 아무 말도 할 수 없었다.

"미안, 엄마가 잘못했어."

어머니 눈물이 왼쪽 어깨를 적신다. 내 눈물도 어머니의 오른쪽
어깨를 적셨다. 내 눈물은 어머니를 위로하려던 마음이 원망으로
바뀌어 나를 다그친 것에 놀라고 서운해서 나온 눈물이 아니었다.
이렇게 가까이 있는 어머니의 심정을 도무지 알 길이 없었다. 내가

할 수 있는 게 없다는 안타까움과 초조함 때문에 흘린 눈물이었다.

여름방학이 끝났다. 여전히 아버지가 돌아올 기미는 없었다. 하지만 생활하는데 큰 불편이나 번거로움이 있는 것도 아니었다. 가게는 날마다 문을 열고 영업을 했다. 그리고 올해도 여태까지 여름방학이 끝날 때와 마찬가지로 형제들의 그림과 공작숙제 대부분은 어머니의 손길 덕분에 근사한 작품을 학교에 가져갈 수 있었다. 단지 나만은 이제 중학생이라는 이유로 일절 도와주지 않았다. 그렇게 우리들은 다시 학교에 등교하기 시작했다.

우리 형제들은 학교에서 희한하고 이상한 '이름법칙'으로 불렸다. 성은 다섯 명 모두 일본식이지만 이름은 세 종류다. 먼저 나는 완전히 일본식 이름. 다음으로 첫째 남동생과 여동생은 한국식 이름인데 일본식 한자음으로 부른다. 마지막으로 넷째 여동생과 막내도 한국식 이름이긴 하지만 한자는 한글발음으로 부른다. 파친코 영업을 하는 것도 있어서 우리가 조센징이란 건 학교에서 누구나 알고 있었다.

"여기서 이 장사를 하기 전에는 그날그날 끼니를 때우기도 힘들 정도여서 여하튼 고생이 이만저만 아니었어."

어머니의 입버릇 같은 이런 푸념은 아버지 때문에 그 고생이 배가 되었다는 불평으로 이어지기도 했다. 물론 아버지가 안 계신 저녁식사 때만 하는 이야기지만.

아버지는 아직 어린 우리들에게 어려운 얘기는 하지 않았다. 하지만 어쩌다 함께하는 식탁에서 우선 맥주 그리고 희석시킨 위스키를 마시고 기분이 좋아지면 자신의 이야기뿐 아니라 조선과 일본의 역사를 연관시켜 얘기하기도 했다. 그 중에 몇 가지가 내 머리 속에 깊이 각인되어 있다. 하나는 할아버지가 식민지시대에 일본의 토목공사 현장에 있는 함바집을 운영했기에 아버지도 어릴 때 일본에서 살았다는 것. 또 할아버지의 일 때문에 전학이 잦아서 새 학교로 전학가면 조센징이라는 이유로 반드시 겪은 집단 괴롭힘은 그 학교에서 가장 센 녀석을 골라 때려눕혀서 미연에 방지했다는 자랑 같은 이야기다. 나는 이 이야기를 앞으로 괴롭힘을 당할 기미가 보이는 '오빠'를 격려하려는 얘기로 들었다. 그리고 또 하나는 일본이 패전하리라는 걸 간파하신 할아버지가 본토에서 벌어질 전쟁을 피하려 상당히 무리해서 1945년 봄 가족을 데리고 조선의 고향으로 돌아갔다는 것이다.

나는 순진하게도 그냥 일본에서 사는 편이 여유롭고 편한 것 아니냐고 말했다. 그러자 아버지는 내 눈을 물끄러미 쳐다보며 조용히 말했다.

"조선인은 조선에서 사는 게 당연한 일이지."

하지만 아버지는 지금 이렇게 일본에서 살고 있다. 나는 납득이 되지 않았다.

"그럼, 왜 아버지는 다시 일본에 왔는데?"

"공부하려고 온 거야."

실제로 아버지는 고학으로 도쿄에 있는 대학을 나온 후 오우치 효우에(大內兵衛)라는 대단히 훌륭한 선생님에게 재정학을 배우려고 고생 끝에 대학원에 진학했다고 한다. 언젠가 조국으로 돌아가 공부한 학문을 펼치겠다는 사명감이 있었다고도 했다.

하지만 실제로는 훨씬 절실한 이유가 있었음을 또 다른 기회에 애기해주었다.

"물론 공부도 하고 싶었지만 그 전에 사느냐 죽느냐의 문제가 있었어. 한국전쟁이 일어나고 말았지. 아버지는 전쟁에 끌려가면 죽을 수도 있다고 판단했어. 그래서 일본으로 온 거야. 징병돼서 같은 민족끼리 서로 죽이는 일은 하고 싶지 않았단다."

"그럼, 도망치는 게 먼저였고 공부는 그 다음이라는 얘기?"

"그렇게 되네. 삶과 죽음은 종이 한 장 차이야. 도망치지 않았다면 어떻게 되었을까. 남북 어느 쪽 군대에든 소속되어서 어느 쪽인가의 군인에게 죽었거나 죽이거나 했겠지…. 일본으로 도망치지 않았다면 너희들은 태어나지 않았을지도 몰라."

그 이야기를 들으니 내가 태어나 이렇게 살아있다는 게 무척 신기했다. 지금 여기 있는 것이 꿈만 같고 구름을 잡는 듯한 느낌이었다. 그러자 전쟁이라는 말이 나에게 선명하게 다가왔다. 베트남 전쟁 뉴스가 매일 텔레비전으로 보도되었다. 하지만 이전까지는 멀게만 느껴져서 나와는 상관없는 일이라 생각했다. 그런데 전쟁과 내가 아버지를 통해 이어져 있었다. 그게 몹시 충격적이고 무서웠다.

결국 아버지는 대학원을 중퇴하고 고물상을 시작했다. 자이니치 2세인 어머니와 결혼했기 때문이라고 한다. 어머니가 조선학교를 나와서 한국말을 할 수 있었던 것도 어머니를 좋아하게 된 큰 이유였다고 했다.

1960년 4월, 한국에서는 학생들이 일어나 혁명을 일으켰고 아버지는 조국으로 돌아갈 희망에 부풀었다.

그 희망이 이듬해 5월 — 얼마 전 총에 맞을 뻔한 대통령이 일으킨 사건이라고 들었는데 — 군인들이 쿠데타를 일으켜 물거품이 되었다. 모국으로 돌아갈 희망을 이룰 수 없게 되었을 무렵 새로운 희망으로 내가 태어났다고 했다. 아버지가 그렇게 말하고 수염이 돋아나기 시작한 볼을 내 뺨에 마구 비볐다. 흐뭇하기도 하고 따가우면서도 기분 좋아서 "아버지, 그만해—" 하니까 둘째 여동생이 "아버지, 나도 부비부비 해줘—" 하며 끼어들었다.

파친코 가게가 잘 되고 있는 건 어린 나도 느낄 수 있었다. 나는 2년 전인 1972년 여름방학에 '오빠'와 함께 아버지를 따라 처음 한국에 갔다. 아버지가 우리를 데리고 간 이유는 할아버지와 고향 분들에게 손자 — 특히 '오빠' — 를 보여주기 위해서였다. 하지만 지금 생각하면 사실은 가기 직전에 구입한 쿠페 스타일의 최신식 승용차를 배에 싣고 가 일본에서 성공한 모습을 보여주며 금의환향하기 위해서였던 것 같다. 그 때문에 아버지는 가게에서 일하는 외삼촌을 보조운전수로 삼아 하루 낮밤을 교대로 운전해 시모노세키까지 간 후 부관페리에 올라탔다. 배 갑판에서 오색테이프를 맞잡고 손을 흔드는 삼촌의 모습이 점점 작아지다가 드디어 테이프가 뚝 끊겼을 때의 감촉이 손에 남아있다. 삼촌은 시모노세키에서 기차를 타고 도쿄로 돌아갔다고 했다.

할아버지 집까지 승용차로 가는 여행. 부산에서 아버지 고향의 중심도시인 대구까지 가는 길은 그래도 괜찮았다. 하지만 산골마을인 풍각면 본가로 향하는 도로는 포장이 되어있지 않아서 차가 몹시 요동치는 바람에 머리가 천정에 닿았고, 급커브 길에서는 몸이 쏠려 차문에 어깨를 부딪치는데다 피어오르는 흙먼지 때문에 창문을 열어 놓을 수도 없는 길이었다. 그래도 그렇게 간 보람이 있었던 것 같다. 최신식 일본자동차의 효과는 절대적이어서 친척들뿐만 아니라 아버지의 지인과 이웃들이 일부러 구경하려고 모여들었다. 차에 대해 설명해주며 태워 달라 조르는 몇 명을 태우고 차를 출발시키는 아버지의 모습이 얼마나 행복해 보였는지 잊을 수 없다.

아버지는 우리가 다니는 학교의 학부모회 일도 열심이었다. 가게 문을 열고 난 후에는 장사를 마칠 때까지 비교적 자유로이 시간을 쓸 수 있었기 때문이다. 어머니는 깔끔한 성격이라 옷이란 옷은 속옷조차도 풀을 먹이고 다림질을 하는 분이다. 덕분에 우리들은 언제나 말끔한 차림으로 학교에 다녔다. 두 분이 그렇게 한 이유는 '조센징'이라고 뒤에서 손가락질 당하거나 정면에서 공격받지 않도록 우리를 보호하기 위해서였던 것 같다. 실제로 부모님의 노력이 적잖이 성과를 내고 있었다.

소학교 6학년 때 음악선생님이 나를 무척 예뻐해 주셨다. 결코 잘하는 것도 아닌데 운동회의 꽃인 고적대 지휘자로 지명하신 거다. 조금도 신나지 않았지만 아버지가 너무 기뻐했기 때문에 불편한 기분을 떨쳐내고 어설프지만 열심히 지휘했다.

파친코 가게가 중심인 일상이었다. 시도때도 없이 2층 안채에 드나들었고 아래층에서 흘러나오는 음악과 시끄러운 소리들로 조용한 날이 없었다. 하지만 이 장사가 가족 일곱 명의 생계뿐만 아니라 학교에서도 우리들을 지켜주었다. 나는 지금 매년 남동생과 여동생이 새로 입학해 들어온 소학교를 졸업하고 혼자서 중학교에 다니고 있다.

가을이 깊어지자 공기가 바짝 차가워지더니 이윽고 살을 에는 겨울이 왔다. 소프트볼 동아리를 마치고 집으로 돌아오는 길은 이미 완전히 어두웠다. 캄캄한 길은 아버지가 안 계신 집으로 이어진다. 그 생각이 들면 어김없이 어쩐지 쓸쓸해졌다. 그 쓸쓸함이 파도처럼 밀려와 내 마음을 적셨다.

겨울방학에 들어가기 며칠 전이었다. 평소처럼 어둡고 쌀쌀한 통학로를 지나 눈이 부실 정도로 반짝이는 가게 조명이 보이자 가슴속에 포근함이 느껴졌다. 안심하고 철 계단을 올라 현관으로 들어섰는데 또 그 기운이 감돌았다. 한 여름 수영장에서 돌아왔을 때 덮쳐왔던 그 무시무시한 긴장감이었다.

"어머니…"

동생들은 거실에서 소리를 줄인 텔레비전을 지루한 듯 보고 있었고 평소처럼 까불지도 않았다. 그날처럼 폭풍을 피해 숨죽이고 있는 것 같았다.

"어머니는 어딨어?"

'오빠'가 벽 너머로 가운데 방을 가리켰다. 가운데 방에는 등이 켜져 있지 않았다.

"어머니…"

방문을 열자 부엌에 켜놓은 불빛 때문에 실루엣만 보이는 시커먼 그림자가 거울에 비쳐 흠칫 놀랐다. 내 그림자란 걸 알고 마음이 놓여 바닥을 보았는데 부엌에서 새나온 불빛과 가운데 방의 어둠이 자리다툼을 하는 곳에 등을 보인 어머니가 웅크리고 있었다. 전등을 켜려고 하자 어머니가 힘없는 목소리로 "켜지 마"라고 말했다. 나는 어머니 앞쪽으로 돌아가 다다미 바닥에 앉았다.

"자이니치인데, 아직 너무 젊은데. 사형판결이 확정되고 3일 만에 집행되다니."

"무슨 소리예요, 어머니."

"자이니치여도 처형당해. 내가 잘못 알고 있는지도 몰라."

"어머니!"

"대통령을 쏜 그 청년. 미심쩍은 사실들이 많이 나왔는데도…….
판결이 나오자마자 사형시키고 말았어. 죽은 자는 말이 없다더니
어떻게 그런…"

어둠 때문에 사람의 눈이 괴이한 빛을 내는 걸 처음 보았다. 나는
겁이 나서 삼촌을 부르러 가게로 뛰어갔다.

뭔가 이상하다. 아버지가 한국으로 떠난 후부터 이상한 일들뿐이
다.

겨울방학 마지막 날 아침이었다. 똑똑히 기억나진 않지만 몹시
무서운 꿈을 꾸고 평소보다 2시간이나 일찍 잠에서 깨었다. 꿈에
서 본 공포가 바싹바싹 닥쳐오는 것 같았다. 제 아무리 만사태평인
나조차도 연말에 어머니가 보인 행동에서 뭔가 심상치 않음을 분
명히 느꼈다. 다만 확인하는 게 무서웠다. 나는 오늘 아침 꿈의 의
미와 불길한 예감을 확인하려고 자리에서 일어났다. 부엌에서는
어머니가 벌써 아침준비를 하고 있었다.

"어머니."

"웬일이야, 이렇게 빨리."

"사실대로 얘기해 줘."

어머니의 몸놀림이 멈추었다.

"···무슨 말이야."

"무슨 일인지는 모르겠지만······ 굉장히 무서운 일이 생긴 거지?"

어머니 몸이 기우뚱 흔들렸다. 시선이 나한테서 벗어나 허공을 헤매고 있다. 잠시 후 깊은 숨을 들이마시고는 작정이라도 한 듯 길게 내뱉었다.

"거기 앉아봐."

어머니가 먼저 식탁에 앉으며 나직이 말했다. 나는 갑자기 한기가 느껴져 몸을 떨었다. 하지만 그건 한기 때문만은 아니었다.

"역시 무슨 일이 있는 거지. 아버지 일이야?"

"그래, 아버지 일이야."

"무슨 일인데."

"아버지가 말이야, 한국에 도착한 날 보안사령부(KCIC)로 끌려간 뒤 지난 가을에 사형판결을 받고 지금은 서울구치소에 있어."

"뭐! 그게··· 무슨 얘기야!"

나는 내가 생각했던 것 이상으로 끔찍한 얘기가 도무지 믿어지지 않았다.

"나도 정확히는 모르겠어. 자세한 건 전혀 알 수가 없거든. 아버지한테는 일절 연락이 없으니까. 한국에서 온 전화는 보안사 사람이 한 거야. 입 다물고 얌전히 있으면 2, 3년 지나서 아버지가 나올 수 있다고 했어. 자이니치라서 별일 없을 거라고도···."

"그렇지만 사형이라니? 아버지가 죽는 거야?"

온 세상이 맥없이 비틀려서 표면이 갈라지더니 지금까지 숨겨져 있던 피비린내 나고 썩은 내가 풍기는 '사실'이 와르르 내 앞에 쏟아져 나온 것 같았다.

ㅅ·ㅏ·ㅎ·ㅕ·ㅇ 死·刑

아버지가 왜 그런 벌을 받아야 되는 걸까. 무슨 죄로 죽어야 되는
데? 그 수수께끼와 아버지가 떠난 후 어머니의 행동. 지금까지 있
었던 이들이 일직선으로 연결되었다. 하지만 실제로는 아무것도
알 수가 없었다. 모르기 때문에 더더욱 무서웠다.

"아냐— 싫어—"

어디선가 울음소리가 들려왔다. 깜짝 놀라 어머니를 보았다. 어
머니는 울지 않았다. 내 마음이 먼저 울부짖고 있었다 — 간신히
의식이 그 울음소리를 따라잡자 모든 슬픔이 목으로 쏟아져 나왔
다.

"조용, 제발 조용히 해. 누가 듣겠어."

어머니의 목소리가 멀리 들려왔다.

"그런데 입 다물고 있으면 2, 3년 지나 나올 수 있다는 말을, 자이
니치라서 아무 일 없을 것이란 말을 정말 믿어도 되는지 모르겠어.
얼마 전 사형을 당한 그 자이니치 청년을 생각하면 이대로 가만히
있어도 되는 건지 갈피를 못 잡겠어."

어머니의 말이 끊어질 듯 끊어질 듯 들려왔다. 그렇지만 아버지
가 죽게 된다고 생각하니 너무 슬퍼서 도무지 어찌해야 좋을지 알
수 없었다. 어머니가 나를 끌어안았고 귓가에는 계속해서 같은 말
이 반복해 들렸다.

"아무한테도 말하면 안 돼. 넌 큰 누나잖아." — '뒷일을 부탁해'
라고 한 아버지 목소리가 포개져 들려왔다.

처음으로 이렇게 가까이에서 국회의사당을 보았다. 이 일대에도

매화꽃이 피어있다. 한창때는 지났지만 아직 곱다는 생각이 잠시 스쳤다. 서둘러 기자회견이 열리는 장소로 들어가자 일제히 플래시가 터졌다. 나는 나보다 더 떨고 있는 남동생과 여동생들을 먼저 어머니 쪽으로 보내고 마지막으로 자리에 앉았다.

어머니가 며칠이나 걸려 준비한 글을 읽기 시작했다.

어머니의 걱정은 적중했다. 아버지는 1975년 2월말, 2심에서도 사형을 선고받았다. 선고 전부터 학부모회와 지역자치회 사람들이 나서서 구명탄원서를 모으기 시작했다. 그러자 아버지가 소속된 재일본 대한민국 거류민단(민단)의 간부가 '오빠'가 다니는 소학교 교장선생을 찾아가 '북의 간첩'이니 '정치범' 운운하며 탄원서 모집운동을 그만두라고 항의했다. 그 사람은 일본의 전 주한대사가 발행하는 『북한연구』란 잡지에 게재된 아버지의 '혐의사실'을 증거자료로 두고 갔다. 그걸 보고 처음으로 아버지의 '죽을 죄'에 대한 내용을 알게 되었다.

<북의 간첩이 되어 수차례 북에 들어가 간첩교육을 받았다. 그리고 한국에 여러 차례 입국하며 군사기밀을 캐고 다녔다.>

그렇기 때문에 반공법·국가보안법상 사형이라고 했다.

어머니는 우리에게 말했다.

"입 다물고 가만히 있다가는 아버지를 죽이고 말거야."

어머니는 울면서 아버지가 '북'에 다녀왔다고 한 시기에 아버지 자신이 시청에 제출한 큰 여동생의 출생신고증명서, 아버지가 발행한 수표, 아버지가 직접 사인한 카메라보증서 등 알리바이를 증명할 물증을 늘어선 보도진들의 카메라를 향해 보여주었다.

'무죄인 남편을 살려 주세요'

어머니는 수없이 이 말을 반복했다.

내 차례가 왔다. 나도 울음을 참으며 자식들을 대표해 글을 읽은 후 '죄가 없는 아버지를 돌려보내 달라'고 호소했다.

일주일 후 우리 가족 6명은 긴자거리에 있는 수키야바시(数寄屋橋)에서 3일 동안 '무죄인 남편, 아버지를 돌려보내 달라'고 호소하는 단식을 했다. 곁에서 지켜준 이들은 의혹투성이임에도 대통령을 저격한 이유로 사형을 당한 자이니치 청년이 과거 소속되어 있던 재일한국청년동맹의 오빠언니들이었다. 유난히 몸이 크고 다정한 오빠가 경비를 서기 위해 텐트에서 같이 있어 주었다. 침낭에서 자는 그 오빠를 작은 여동생이 '번데기 맨'이라 불렀고, 둘째 남동생과 함께 커다란 침대처럼 불룩한 오빠의 침낭으로 다이빙을 하며 놀았다. 그때는 어머니도 웃었다.

소학교 1학년인 막내는 단식이 뭔지 몰랐다. 첫째 날 저녁 무렵이었다. 지원을 해주고 있는 오빠가 배가 고프다는 동생을 보다 못해 텐트 뒤에서 빵을 준 모양이다. 텐트로 돌아온 막내가 둘째 여동생에게 이렇게 말했다.

"작은 누나, 뒤에서 형한테 빵 달라고 해. 맛있어."

큰 여동생이 그 얘길 듣고 막내에게 다그쳤다.

"먹었어? 아버지를 구하기 위해 밥을 안 먹고 참는 거란 말야!"

어머니가 물조차 마시려하지 않는 의미를 겨우 알게 된 막내는 큰 소리로 울기 시작했다.

"나 때문에 아버지가 죽는 거야―"

어머니가 막내를 무릎 위로 끌어안았다.

"괜찮아, 괜찮아. 넌 어리니까 조금 먹어도 상관없어. 어머니가

제대로 단식하고 있으니까 아버지는 죽지 않을 거야. 괜찮아, 괜찮
다니까…"

막내는 좀처럼 울음을 그치지 않았다.

수키야바시$^{(数寄屋橋)}$에는 신문사뿐만 아니라 버라이어티 방송에서
도 취재를 나와 상상이상으로 큰 반향을 불러일으켰다.

기자회견은 화요일이었고 단식투쟁은 한 주가 지난 월, 화, 수요
일이었다. 나는 학교를 쉬겠다고 직접 연락했다. 처음에 전화를 받
은 선생님이 깜짝 놀라는 걸 느꼈다. 담임선생은 왜 쉬는지 이유조
차 묻지 않았다. 그런 일들이 내게 몹시 상처가 되었다. 민단간부
가 소학교 교장선생에게 한 항의가 지역의 학교관계자들에게 철저
히 주지되었다는 걸 알게 되었다. 얽히지 않겠다, 얽히고 싶지 않
다는 속내를 어린 나도 확실히 알 수 있었다. 하지만 그건 나나 어
머니에게 너무 혹독한 처사였다. 아버지는 무죄다. 학부모회 임원
을 열심히 해왔던 아버지를 잘 아는 나와 동생들의 선생님들은 누
구 하나 우리에게 '열심히 하라'고도 '힘내라'고도 말해주지 않았
다. 그건 아버지를 '간첩'이라고 말하는 것과 마찬가지였다.

단식이 끝난 뒤 학교에 등교해 교실로 들어갔다. 통학 길 도중에
서부터 여자애들이 수군거리는 소리가 잔물결처럼 들려왔다. 내가
가까이 가면 뚝 멈추었다가 멀어지면 또다시 들려온다. 나는 책상
에 엎드려 울었다. 친한 친구라 여겼던 '사이좋은 4총사' 중에 어
느 누구도 나한테 다가오지 않았다.

체육관에서 졸업생을 배웅하는 행사가 열리는 것 같았다. 나는
자리에서 일어날 수 없었다. 다들 이동하기 시작했고 다시 눈물이

났다.

"야, 너희들, 같이 가줘. 니들 친구 아니었어?"

그다지 공부를 못해 평소 친구들에게 무시를 당하는 농구부 요시다의 목소리였다. 기뻤다. 지금은 아무리 하찮은 말이라도 좋았다. 어떤 말이라도 괜찮았다. 격려가 필요했다. 나는 요시다의 말에 힘을 얻어 혼자 자리에서 일어났다.

아버지가 체포된 후 1년 1개월이 지났다. 사형이 확정된 1975년 5월 27일, 어머니는 텔레비전 화면 속에 있었다.

"이렇게 터무니없는 일이! 남편은 무죄입니다!"

절규하듯 외치고 오열하는 어머니를 보았다. 얼마 전 상고가 기각되어 사형이 확정된 인민혁명당 사건의 정치범 8명이 24시간도 지나지 않아 처형당했다. 어머니가 얼굴을 감싸며 말을 잇지 못하는 이유도 잘 알았다. 하지만 나는 어쩐지 담담했다.

어머니는 그 뒤로 아버지처럼 무고한 죄로 연행당해 사형판결을 받은 재일한국인 정치범을 돕기 위해 주야를 가리지 않고 모든 에너지를 쏟아 활동했다. 나도 요청을 받으면 학교를 쉬고 집회에 나가 준비한 글을 읽고 아버지의 석방을 호소했다.

< 한밤중에 어머니가 아버지의 사진을 보며 울고 있었습니다. 이때만큼 어머니가 가엾다고 느낀 적이 없습니다. 감옥에 계신 아버지는 '아버지가 죄인이라 생각하지 말고 당당히 살아가라'고 전해 왔습니다. 일본에 계신 여러분, 사랑하는 아버지를 구해 주세요. 여러분의 힘이 반드시 필요합니다. >

나는 차츰 학교도 빠지기 시작했다. 학교에는 '결석하겠습니다'

한 마디 연락이면 그만이었다. 친구들도 귀찮았다. 아니, 이제 친구
도 없었다. 어머니는 그런 나를 나무라지 않았다.

"너, 어디든 좋으니까 고등학교는 갈 수 있게 공부해 둬."

어머니는 지방으로 구원집회를 떠나는 날 아침에 내게 이렇게 말
하고 "다섯이나 학교에 다니는데 선생들 누구 하나 너희들을 격려
해 주지 않다니."라고 덧붙이며 현관을 나섰다.

나는 남동생과 여동생들을 보살피는 일 만큼은 내게 주어진 부모
님과의 약속이라 생각해 두 분이 안 계신 집을 지켰다. 하지만 공
기를 아무리 불어넣어도 눈에 보이지 않는 구멍이 난 공처럼 내 마
음은 채워지지 않았다.

"이대로도 괜찮을지 몰라. 그래도 하루하루 지나가고 있으니까."

그렇게 생각하면 편하긴 했지만 얼마 못가 더 불안해졌다. 이렇
게 보내는 나날의 의미를 실제로는 알지 못한 채 하루하루가 흘러
갔다.

고등학교를 어디로 정할까. 그걸 진지하게 고민해야 되었을 때
구원회 사무실이 있는 이케부쿠로(池袋)와 우리 집 중간지점에 있는
여고가 떠올랐다. 중학교에 제대로 다니지 않은 내 성적으로는 합
격이 될지 의심스러웠다. 그 무렵 내 안에서 이대로는 안 돼, 다시
공부를 시작해야 되는 것 아닌가. 신기루를 쫓는 것도 같고 아지랑
이를 바라보는 것도 같은 막연한 결심이 자라고 있었다. 나는 뒤떨
어진 공부를 만회하려고 소학교 6학년이 된 큰 여동생의 교과서로
산수를 복습하기 시작했다. 영어는 중1 교과서를 통째로 옮겨 적는
일을 반복했다.

지망했던 여고에 합격했다. 고교생이 되니 교복이 세일러복에서 블레이저로 바뀌었다. 이 교복을 입은 모습을 아버지에게 보여주지 못했다. 거울에 비친 나를 보면서 아버지가 한국으로 갔던 날이 선명하게 떠올라 평소보다 더 공을 들여 머리를 빗었다. 나는 오늘 비밀리에 세운 계획에 따라 짧은 여행을 하기로 했다.

아버지가 확정사형수인 사실에 변함이 없었던 최근 몇 년 동안 그럼에도 나는 그 사실을 실감해왔다고 말하기 어려웠다. 그런데 어제 일본에서도 사형수 두 명의 사형이 집행된 것을 신문에서 보고 알았다. 한 사람은 도쿄구치소에서 처형되었다고 한다. 즉 내가 매일 학교에 가려고 타는 전차가 옆을 지나가는 '바로 그곳' 거기서 사형이 집행됐다는 얘기다. 나는 늘 강가 풍경이 펼쳐져 있고 내가 사는 동네가 멀리 보이는 진행방향을 향한 채 전차 안 우측에 있는 가죽손잡이를 잡고 책을 읽거나 경치를 바라보았다. 그러니까 좌측에 분명히 있었을 높은 벽과 감시탑과 십자형의 괴상한 건물을 보는 일은 드물었다.

이 계획을 위장하기 위해 평소처럼 가방을 들고 어머니에게 '다녀오겠습니다.' 인사한 후 집을 나섰다. 이제 몇 주 후면 고2가 된다. 하늘에 구름 한 점 없는 이른 봄 아침이다. 두 번째로 건너는 커다란 강 바로 앞에 있는 역에서 내려 전차 진행방향으로 선로를 따라 걷기 시작했다.

오늘 아침 일이다. 아직 어둠이 가시지 않은 시각. 나는 잠에서 깨어 있었다 — 고 생각했다. 쭉 뻗은 선이 천정에서 늘어뜨려져 있는 것이 보였다. 자세히 보니 선 끝에 사람이 있었다. 왜 사람이 매달려 있는 건가 싶어서 눈을 가늘게 뜨고 초점을 맞췄다. 두꺼운 밧줄이 그 사람의 목에 감겨 있었다. 화들짝 놀라 천천히 회전하기 시작한 그 사람의 얼굴을 보니… 아버지였다. 비명을 지르자 모두들 잠에서 깼다. 천정에서 늘어뜨려진 줄은 형광등 스위치 선이었다.

강폭이 넓지 않아 악취가 나고 거뭇하게 탁해 보이는 좁은 강을 건넜다. 눈앞에 내 키의 3배도 넘을 것 같은 비바람에 침식되어 칙칙해진 잿빛 벽이 다가왔다. 모퉁이에 감시탑이 보이는 도쿄구치소를 둘러싼 벽.

나는 벽을 따라 걸었다. 사람이 다가서지 못하도록 떠밀어내는 벽. 벽이 뿜어내는 무언의 압력이 나를 숨 막히게 했다. 끝없이 이어진 벽. 햇빛을 받아 반짝이다가 그늘이 내리자 음울하게 침묵하고 있다. 벽의 표정은 바뀌어도 그 본질에는 아무런 변화도 찾아낼 수 없었다. 한 바퀴를 돌아 처음에 보았던 감시탑이 있는 모퉁이로 되돌아왔다. 지독하게 긴 시간이 걸렸다. 나는 막막했다.

이 벽과 똑같은 벽 안에 아버지가 있다. 아버지가 그곳에 갇혀있다.

"질 줄 알아! 절대 안 질 거야!"

나는 주먹을 움켜쥐고 있는 힘껏 벽을 때렸다. 아프다…….

다시 한 번 쳤다. 꿈쩍도 하지 않는 벽. 오른손 새끼손가락 부분에 살갗이 찢겨 피가 났다. 주먹으로 친 곳을 보니 아주 조금 벽 표면이 떨어져 있었다.

저 벽까지

나는 계단 바로 앞에 설치된 냉수기에서 바짝바짝 탔던 목을 축였다. 그리고 복도로 연결된 3층 창문으로 초여름 햇볕이 내리쬐는 운동장에서 방과 후 동아리활동에 열중인 학생들을 멍하니 바라보았다.

중학생 때도 이렇게 운동장을 내려다본 일이 있다. 그때도 어쩐지 혼자 있고 싶어 조용히 교실을 빠져 나왔었다. 울음이 터지려는 걸 간신히 참고 있었다. 그물 앞에서 야구부 담당선생이 호통을 쳤다.

"더 크게 질러!"

그러자 부원들의 구호소리가 우렁차졌다. 그 단순함에 무턱대고 화가 나서 울고 싶었던 걸 잊고 있었네… 기억 속 한 점이 평면으로 펼쳐져 희미해졌고, 그제야 여고는 중학교에 비해 실외운동부 종류가 적다는 생각이 들어 피식 웃음이 났다. 꾹 다물고 있던 입 가가 느슨해지자 기분도 풀어져서 운동복과 유니폼 때문에 개성을 잃은 무리에 들어있을 반 친구를 찾아보고 싶어졌다.

소프트볼 동아리와 육상부는 멀리 떨어져 있어서 알아보기 어려웠지만 가까이에 있는 테니스코트에서는 두 명을 찾아냈다. 열심히 공을 쫓고 있다. 실수를 해서 아쉬워하더니 이내 그을린 얼굴에 하얀 이를 보이며 해맑게 웃고 얘기를 나눈다. 그런 친구들의 모습이 눈부시다. 다른 세계에 있는 사람들 같았다. 다시 날카로운 목소리가 들려와 그쪽으로 시선을 향하니 담당교사가 그물 가까이에서 손을 들고 무언가 말한다. 이리저리 오가던 공과 작은 새의 지저귐 같은 구호가 잦아들고 부원들이 그 선생 주위로 모였다. 메모를 쳐다보며 얘기하는 담당선생의 말에 모두 진지하게 고개를 끄덕였고 이따금 '예!'하고 한 목소리로 대답한다. 말해야 할 것을 말하는 사람이 있고 그 말을 순순히 듣는 사람이 있다. 나는 계속 지켜보는 것이 답답해져 창문에서 벗어났다.

'이 정도면 충분히 시간을 끌었어. 의논도 다 끝나 있겠지.'

그런데도 나는 되도록 천천히 교실로 향했다. 하지만 예상과는 달리 <BG>의 의논은 아직 계속되고 있었다.

<BG> 멤버는 다섯 명이다. 처음에는 다른 반에 있는 두세 명이 끼기도 했는데 1학년 2학기 무렵부터 같은 반 다섯 명으로 고정되었다. <BG>는 우리가 처음에 시작할 때 자칭 '바쁜 소녀들=Busy Girls'이라 부른 것에서 유래한 이름이다. <BG>는 동아리를 안 하는 셋과 유령멤버 둘이 방과 후에는 시간이 남는다는 공통점만으로 어쩌다 친한 사이가 된 것이 멋쩍다며 세이부선(西武線)으로 통학하는 '니시양(西)'이 붙인 이름이다. 그게 줄어서 <BG>가 되었다. 우리는 처음엔 각기 통학할 때 타는 철도이름으로 서로를 불렀다. 내 경우엔 조반선(常磐線). 하지만 길어서 언제부터인가 '토키짱(常)'이 되었고 같은 이유로 나가레야마선(流山線)을 타는 '류(流)' 야마노테선(山手線)을 타는 애는 '야마테(山手)' 그리고 도부선(東武線)을 타는 '히가시(東)'가 멤버다. 우리들은 늘 함께 도시락을 먹었고 방과 후에는 시시한 수다를 떨다가 집에 가는 길에 찻집에 들러 시간을 보냈다. 때때로 휴일에는 함께 놀러 가기도 했다. 그렇지만 방과 후나 교외에서 다섯 명 모두 모이는 경우는 드물었는데 대부분 내가 빠졌다.

"왜 이렇게 늦었어. 뭐 하다 온 거야?"

이달 말 중간고사가 끝나는 일요일에 가마쿠라에 놀러가자고 제안한 '히가시'가 뾰로통하게 다그쳐 묻는다.

"응 그게……"

"있잖아 '토키짱' 네 약속 어떻게 안 돼? '야마테'는 그날 할아버지 3주기여서 절대로 안 된대. 세 명 밖에 없으면 재미없잖아. 제발 ― 응?"

'히가시'의 말투가 아양을 떠는 목소리로 바뀌었다.

"가마쿠라에 좋은 곳이 엄청 많대. 작년 가을에 놀러 갔다 온 언니도 그랬어. 여기 이 가이드북 좀 봐, 너무 근사하잖아. '토키짱'도 안 가봤지? 같이 가자~"

'니시양'이 맞장구를 친다.

"좋겠다아…… 할아버지가 원망스럽네. 아! 일주일 늦추지 않을래?"

"안 돼, 열일곱 살 5월에 의미가 있는 거라니까. 게다가 일주일 늦추면 그땐 나랑 '니시양' 밖에 안 되고 '류'도 약속이 있는 걸. 그 다음 일요일이면 이미 장마가 시작될 거고."

"근데 '토키짱'은 도저히 미룰 수 없는 약속 아니었어?"

그럼 어쩔 수 없는 일이잖아 ― 라는 말이 목젖에 걸려있다는 걸 나는 안다. '류'는 언제나 나를 위로하듯 찬찬히 얘기한다.

"응, 좀 힘들어. 빠져 나오기가."

입 안이 다시 바짝바짝 말라왔다. 그 때문에 갈라지고 낮은 목소리가 나와 버렸다.

"대체 무슨 일인데, 응?"

'히가시'가 짜증을 낸다.

"너, 매번 일, 일이 있다고 하는데. 이번에도 '야마테'처럼 할아버지 3주기라 안 된다거나 그런 확실한 이유를 대는 것도 아니고."

이달 말이면 아버지의 사형이 확정된 날로부터 3년이 된다. 아버지는 4년 전 정확히 이맘때쯤 할아버지와 삼촌들의 살림과 장사를 의논하러 한국에 갔다가 서울 김포공항에서 보안사에 연행되었다. 혐의는 '북의 간첩'이다. 체포되고 반년 후 1심 사형판결이 나온 뒤에 겨우 알게 된 '혐의사실'은 두 번에 걸쳐 한 달 넘게 북한에 가서 간첩교육과 지령을 받고 왔다는 것. 하지만 그때 아버지가 일본에 있었던 사실을 증명하는 서류가 많이 나왔다. 그뿐 아니라 1층이 파친코이고 2층이 안채인 우리 집 건물주와 장사에 관계된 사람들이 변호사회에 알리바이를 증언해 주었다.

〔부당판결 3주년 사형집행 저지 시민집회〕

'히가시'와 <BG>멤버들이 가마쿠라에 놀러가려는 날, 어머니와 나와 동생들 넷은 어머니가 회장을 맡고 있는 재일한국인정치범을 구원하는 가족·교포회와 일본인 구원회가 공동주최하는 집회에 참가한다. 그 일은 지금 나에게 어떤 일보다도 중요한 약속이다.

'야마테'의 할아버지는 천수를 누리고 돌아가셨다고 한다. 하지만 우리 아버지는 사형을 당할지도 모른다. 아직 한창 일하실 나이인 아버지. 엄혹한 교도소 그것도 독방에 갇혀서 온갖 병에 시달리고 있다고 했다. 특히 교도소에서 주사기로 감염된 간염 때문에 고생이라고 했다. 그래도 간신히 목숨은 부지했고 마음도 단단히 먹고 있다며 면회를 하고 온 한국의 친척이 국제전화로 알려왔다. 그

렇게 무죄인 아버지가 사형을 당할지도 모른다. 그러니까 집회를
해서라도…….

　고2로 올라가기 전 맑게 갠 초봄 아침에 전날 사형이 집행되었다
던 도쿄구치소 벽 주위를 한 바퀴 돌아보고 무력감에 사로잡혔다.
벽은 너무나 높고 견고했다.
　'이 벽과 똑같은 벽 너머에 있는 아버지를 구해내겠다니 절대 불
가능하겠지…'
　그때 몸 안에서 분노가 치밀어 올랐었다.
　"내가 질 것 같아!"
　벽을 치고 나서 혼자 맹세했다. 반드시 아버지를 되찾겠다고 비
장한 각오를 했다 — 틀림없이 그랬다.
　한 달 쯤 전, 나는 아버지가 체포된 후 처음으로 구원집회에서 발
언을 하겠다고 자청했다. 그것도 이번에는 나 혼자 간다. 둘 다 처
음 있는 일이다. 어머니가 도저히 시간을 낼 수 없어 내 등을 떠민
사정이 있기는 했지만 내가 지원한 것을 어머니뿐만 아니라 구원
회 사람들도 몹시 기뻐했다. 가족이 나서서 호소를 하느냐 안 하느
냐에 따라 집회분위기나 참가자들의 의욕이 전혀 달라지기 때문이
란 건 지금까지 나를 집회에 나오게 하려고 주위 사람들이 자주 했
던 얘기다. 나도 실제로 그렇다고 생각했다. 어머니가 간절하게 아
버지의 석방과 구원운동 지원을 호소하면 집회장은 숙연해졌고 때
로는 오열하는 소리까지도 나왔다. 어머니는 아버지의 일을 말하
기 시작하면 어김없이 눈물을 흘리고 만다. 그것은 결코 어떤 효과
를 계산해서가 아니라 오로지 무죄인 남편과 아이들의 아버지를

되찾고 싶다는 진심이 표출된 것이었다. 어머니는 아버지를 구하기 위해 모든 것을 쏟아 부었다. 그런 일상을 함께 한 나로서는 그 심정을 충분히 알고도 남았다. 적극적이지는 않았지만 나도 구원 호소에 나서면 마음에서 나오는 말을 전달하려고 해왔다. 그 마음이 구원집회에 참가한 사람들에게 전해지고 받아들여졌다고 느낀 적도 있었으니까…….

"웬일이야 너 맨날 싫다고 하더니." 어머니가 흡족한 듯 말했다. "앞으로 구원운동도 가게도 점점 바빠질 테니까 네가 나서주면 정말 고맙지."

내가 강 너머에서 했던 비밀스럽고 비장한 각오를 어머니는 모른다.

2학년 개학식 날로부터 얼마 지나지 않은 토요일 오후에 나는 블레이저 교복을 입은 채로 도쿄 서부의 소도시에서 열린 조촐한 구원집회에 참가해 호소했다.

"저희들의 소중한 아버지를 구하기 위해 일본에 계신 여러분의 힘과 형제자매 다섯 명이 힘을 합쳐 어머니와 함께 거대한 힘에 맞서고 있습니다. 하지만 저희들의 힘은 아버지의 죽음을 막기에는 턱없이 약합니다. 아버지의 목숨은 당장이라도 사형대에서 사라질 운명입니다. 일본에 계신 여러분, 사형대에 서는 순간까지 저희들을 사랑한다고 전해온 아버지를 구하기 위해 여러분의 힘이 꼭 필요합니다. 아버지를 구해주세요. 부탁드립니다."

나는 지금까지 아버지를 구하기 위해 많은 기자회견과 집회에 참석했다. 긴자에 있는 수키야바시(数寄屋橋)에서 단식도 했다. 여기저기서 전단지를 돌렸고 석방을 위한 서명도 받았다. 집회 선두에서

<우리 아버지를 구해주세요>라고 쓴 조끼를 입고 <가족들의 투쟁을 지원합시다!>라는 현수막을 일가족 여섯 명이 들고 행진한 적도 있다. 더구나 나는 맏이라서 아이들을 대표해 발언하는 역할도 주어졌다. 2심 사형판결 때에는 당시 최고 시청률을 자랑한 텔레비전 버라이어티 방송에 출연도 했다. 그때 나는 중학교에서 쓰고 있는 일본식 이름이 아닌 한국식 본명으로 소개되었고 그 이름으로 내 이야기를 했다. 그건 한국인인 아버지를 구하기 위해 불가피한 일이었다. 나는 이런 형태로 고뇌할 여유조차 없이 그 존재조차 몰랐던 잿빛 폭력에 강요당해 매스컴을 통해 만천하에 '본명선언'을 한 셈이다.

하지만 나는 지금 일본식 이름으로 여고에 다닌다. 그리고 아버지가 무죄의 사형수라는 건 굳게 입을 다문 채 그 누구에게도 가장 친한 친구인 — 나는 그렇게 생각했고 그 애도 그렇다고 말해준 — '류'에게 조차도 털어놓지 않았다. 중학교 때는 좁은 지역이라 집과 가게, 내 이름이 모두 알려져 있어서 숨기려 해도 숨길 수 없었다. 나와 동생들이 다닌 중학교, 소학교의 전교생과 모든 교사들뿐 아니라 모든 학부모가 아버지의 사건을 알고 있었다. 우리가 어떤 주장을 하고 어떤 운동을 하고 있는지도 숙지하고 있었다. 때문에 굳이 일본식 이름을 본명으로 바꿀 필요는 없었다. 하지만 구원회 사무소가 있는 이케부쿠로(池袋)와 집 중간에 있다는 이유로 선택한 지금 여고에서 '너, 혹시…' 하며 묻거나 멀리서 나를 손가락질하며 몰래 수군거리는 교사와 학생은 한 사람도 없었다.

아버지의 사형이 확정되었던 그 해 가을 끝 무렵부터 겨울 초에 걸쳐 한국에 유학중이던 자이니치 출신의 학생 18명이 포함된 20

여 명이 <모국유학생 학원침투 간첩사건>으로 체포되었다. 아버지처럼 붙잡혀 와 사형판결까지 받은 자이니치 유학생들은 나에겐 오빠이자 언니들이었다. 오빠, 언니들에게도 무죄를 증명할 알리바이가 많이 나왔다. 그런데도 아버지와 똑같이 이듬해에 오빠 3명의 사형이 확정되고 언니들에게도 무기징역과 중형판결이 내려졌다. 그 후에도 자이니치 관련 '간첩사건'이 잇달아 한국에서 발표되고 일본에서도 크게 보도되었다. 하지만 학교에서 이것이 화제가 되는 일은 전혀 없었다.

화제가 되지 않는다는 건 결국 재심청구를 하고는 있지만 언제 그것이 기각 돼 아버지에게 사형이 집행될지 모르는 위험한 상황이라는 얘기다. 아버지와 같은 사형수들은 '자살을 방지하기 위해서' 라며 24시간 수갑을 채운다는 정보를 듣기도 했다. 그건 허울 좋은 학대일 뿐이다. 하지만 그런 잔혹함을 여기 일본에서는 아무도 모른다. 그렇다면 우리 가족뿐만 아니라 유학생 오빠나 언니의 가족과 지원자들의 단식 등 그야말로 목숨을 건 필사의 구원운동이 아직 부족해서 슬픈 일이긴 하지만 일본사회 무관심의 바다에 묻혀버리고 있다는 얘기다.

그러니까 나는 지금 다니는 고등학교에서 본명을 쓰고 아버지의 사건과 '재일한국인 정치범'문제의 진실을 호소해야 한다. 아버지와 같은 사형수들의 목숨을 구하기 위해서 아버지가 무죄라는 걸 알아주고 나와 어머니에게 '힘내라'고 말해주는 사람을 한 사람이라도 늘려가는 것이 '옳은 일'이다.

하지만…나는 오늘까지 그렇게 하지 않고 지내왔다. 고등학교에 입학할 때 내게는 단호함이 없었다. 그때 어른들 중 누군가가 '본명을 쓰라'고 등을 떠밀어 주었다면 그렇게 했을지도 모른다. 그 일이 계속 떳떳하지 못했다는 생각은 했지만……

큰 도로를 향해 활짝 열린 교문에서 지하철역이 있는 오른쪽으로 가는 '히가시'를 포함한 4명과 헤어져 나는 왼쪽으로 서쪽도로를 따라 걷기 시작했다. 오늘은 이케부쿠로(池袋)에 있는 구원회사무소에서 일주일에 한 번 회의가 있는 날이다. 친구들과 함께 지하철로 국철 역까지 갔다가 헤어져도 되지만 오늘은 한시라도 빨리 혼자 있고 싶었다.

교실에서 했던 <BG> 멤버들과의 의논은 가마쿠라에 가기 전까지 3주가 남았으니 어떻게든 시간을 맞춰 보기로 했다. "근데, 너무 기대는 하지 마" 적당히 얼버무리고 그 자리를 수습했다. 하지만 답은 애초부터 정해져 있다. 거짓말에 거짓말을 덧붙인 꺼림칙한 기분이 가시지 않는다. 게다가 교문에서 헤어지는 핑계도 '집에서 시킨 심부름이 있어서'라고 또 거짓말을 했다.

혼자가 되고나자 조금은 긴장이 누그러졌다. 하늘을 올려다 볼 여유가 생겨 고개를 들어보니 시가지가 저녁노을에 곱게 물들어 있다. 태양은 이미 지평선 가까이로 기울어진 모양이다. 붉은 빛으로 실루엣이 생긴 빌딩들이 높이가 다른 공간을 직선으로 도려냈고 그늘이 드리운 검은 측면에는 희고 무수히 많은 형광등이 반짝거렸다. 그 불빛 하나하나가 내 거짓말을 추궁이라도 하는 것 같아서 나도 모르게 눈을 감았다. 그 바람에 3년 전 딱 지금 같은 저녁 무렵에 안채로 올라가는 철계단 아래에서 둘째 여동생과 약속한 일이 또렷하게 떠올랐다.

그날 학교에서 돌아와 안채로 이어진 철 계단을 오르려 발을 디뎠는데 파친코 손님들이 난잡하게 세워놓은 자전거 앞쪽으로 보일러실 옆에 빨간 가방을 맨 채 웅크리고 앉아있는 둘째 여동생이 보였다. 어깨를 떨고 있었기에 멀리서도 울고 있는 걸 알 수 있었다.

소학교 3학년인 둘째 여동생은 늘 어딘가 자신이 없는 아이였다. 첫째 여동생은 같은 학년에서도 상위성적에다 똑 부러지게 자기주장을 하는 심지 굳은 면이 있어 부모님이 마음을 놓았다. 첫째 남동생인 '오빠'는 우리 집안의 대를 이어야 할 장남이라 유독 어머니에게 특별취급을 받았고 둘째 남동생은 막내라 마냥 귀여움을 독차지 했다. 나는 맏이라 부모님이 눈감아 주는 덕분에 동생들에게 누나 노릇을 할 수 있었다. 그런데 둘째 여동생은 다른 형제들처럼 부모님과의 관계가 명확하지 않았다. 그리고 형제들 사이에서도 언제나 불리한 위치에 있어서 손해를 보기 일쑤였다. 그래서 더 상처받는 것이 두려웠는지 무리하게 자기주장을 밀어붙이려 하지 않았다. 그 점이 이 녀석을 싸우기 싫어하는 '점잖은 아이'라고 인식하게 만들었다. 하지만 그게 아니었다. 약간 통통하고 느긋하게 행동하는 이 녀석의 몸에는 섬세하고 상처받기 쉬운 연약하고 뜨거운 마음이 감춰져 있었다. 그걸 알게 된 건 아버지가 사형판결을 받은 사실을 어머니와 내가 동생들에게 애기했을 때였다.

"이제 아버지를 볼 수 없다니, 그건 절대 안 돼. 아직 마음껏 예쁨 받지도 못했단 말야……"

과자를 나눌 때조차도 늘 양보만 하던 이 동생이 맨 먼저 큰소리로 울음을 터뜨렸다. 그 소리에 모두 따라 울기 시작했다. 어머니는 울음을 참으며 말했다.

"아버지를 구하려면 울어선 안 돼. 그래서 엄마는 안 우는 거야. 그러니까 너희들도 그래 줄래? 우는 것보다 힘을 합쳐 더 열심히 하는 게 중요한 거야."

그 말에 하나씩 울음을 그쳤다. 하지만 둘째 여동생은 거실을 뛰쳐나가 옆방에서 한없이 흐느꼈다. 나는 그 녀석의 슬픔이 특별하고 몹시 깊었다는 게 놀라워 마음이 많이 아팠다.

그런 여동생이 또 울고 있다. 가까이 다가가려는데 가방끈이 자전거 핸들에 걸려서 한 대가 쓰러졌고 잇달아 두 대가 더 넘어지며 요란한 소리를 냈다. 움찔 놀라 몸을 부르르 떤 동생이 눈물이 그렁그렁한 얼굴을 들었다.

"언니야…"

나는 넘어진 자전거를 짜증스레 제자리에 세우고 동생 옆에 웅크려 앉았다.

"왜 울어?"

"언니… 우리가 간첩의 자식들이야? 아버진 아무 잘못도 없는 거지?"

이미 충분했다. 어디서 누구에게 어떤 말을 들었는지 따져 물어봐야 의미도 없었다. 약한 곳 그것도 가장 연약한 부분을 노리고 화살이 날아든다. 알리바이가 있고 무죄라는 게 분명하다. 신문도 그렇게 보도했다. 훌륭한 변호사님과 국회의원도 돕겠다고 말해주었다. 중학교 때 반 친구는 격려의 편지를 어머니에게 보내왔다. 하지만 부모님과 나에 대해 수군거림은 어김없이 귀에 들려왔다. 전교생 모임에서 아버지가 무죄라고 호소해주고 이웃들에게 서명을 받아주는 친구가 있는 한편으로 '간첩'이라며 쑥덕거리는 사람들이 있는 것도 사실이었다.

'그런 일은 어머니가 만나는 세상에서도 똑같아. 아니, 훨씬 더 심할지도 모를 걸…'

내가 이 동생과 같은 아픔을 어머니에게 하소연했을 때 한숨 섞인 목소리로 어머니가 말했다.

'어쨌거나 <간첩>이란 소릴 하는 사람은 절대 없어지지 않을 거다. 무슨 말을 해도 소용없는 사람이 있으니까. 그러니까 <간첩>이라는 소리가 줄어들어 더는 안 들리게 하려면 <무죄>의 목소리를 키우는 수밖에 없는 거야. 누가 <간첩> 따위의 말을 지껄이느냐며 범인을 찾아다닐 시간이 있다면 <무죄>의 목소리를 키우기 위해 뭘 할 수 있을지를 고민하고 행동하는 편이 몇 배는 의미가 있어. 그야 두 말하면 잔소리겠지만 어머닌 그러기로 맘먹었다.'

울고 있는 여동생의 손을 잡으며 어머니의 말을 떠올렸다.

"언니, 나 학교에 가기 싫어…"

"학교에 안 가면 아버지가 '간첩'이라고 네가 인정하는 게 돼. 그래도 좋아?"

나 또한 아버지의 구명운동 — 어머니의 빈자리를 지키며 동생들을 돌보고 때로는 구원집회에 참가하는 — 을 구실로 그다지 학교에 안 가고 있는 건 제쳐둔 채 이렇게 말했다. 동생은 눈물이 그렁그렁한 눈으로 가만히 나를 쳐다보며 생각에 잠겼다.

"싫어! 그치만… 학교도…싫어."

두 번째 싫다는 말은 기어들어 가는 것 같았다.

"네가 학교에 열심히 다니지 않으면 어머니가 아버지를 돕는 활동을 할 수 없게 돼. 얼마 전에 '오빠'랑 어머니를 걱정시키지 말자며 다 같이 약속 했었지?"

"으응…"

"다시 한 번, 이번엔 언니랑 약속하자. 어머니 앞에서 울지 않기, 오늘 있었던 일도 어머니한텐 말하지 않기. 무슨 일이 있으면 언니에게만 말하기. 어때, 할 수 있지?"

"……할 수 있어."

"약속이다."

"알았어."

동생 눈에는 눈물이 말라 있었다. 새끼손가락을 걸고 크게 흔들며 '약속했다!' 합창하니 자연스레 웃음이 나왔다.

하지만… 그 약속은 지킬 수 없었다. 나도 동생들도.

'간첩의 자식'이라는 험담이 들려 올 때마다 재판에서 나쁜 소식이 전해질 때마다 아버지의 건강이 나빠졌다는 소식이 올 때마다 그리고 늦은 밤에 어머니가 우리들 몰래 혼자 울고 있는 걸 보고 말았을 때… 누군가 울기 시작하면 다 같이 울었다.

아버지의 일을 <BG> 중 누군가에게 고백할까. 그건 역시 무섭고 두려운 일이었다. 그 결과는 이미 중학교에서 견디기 힘든 고통과 더불어 똑똑히 체험했다. 나는 고등학교에 들어와서야 겨우 집으로부터 어머니로부터 아버지의 사건으로부터 정말 조금은 거리를 둘 수 있었다. 늘 긴장해야하고 누군가 악의 없이 무의식중에 내뱉거나 악의에 가득 찬 비난에 겁에 질리고 끊임없이 상처받는 일이 고통스러웠다. 어머니도 그걸 잘 알기에 '지극히 평범한 여고생' 행세를 하는 내게 딱히 간섭은 하지 않았다. 하지만 구원회 회의에 꼬박꼬박 출석하고 회보발송이나 정보교환, 다양한 학습을 하며 정치범을 도울 지식을 알아가는 일만큼은 제대로 하라고 거듭 말했다. 그것이 도움을 받는 사람으로서 의무라 했다. 때문에 나는 오늘도 이케부쿠로(池袋)에 있는 구원회사무실에 간다.

어머니….

이제와 생각하니 어머니가 '딸'인 나에게 바란 것 그리고 지금도 계속 요구하는 일은 동생들과 특히 장남인 '오빠'에게 '엄마'로써 역할을 다하는 것이었다. 아버지가 한국의 교도소에 갇히자 집안일, 육아, 아이들 교육과 남편 뒷바라지에 전념해왔던 어머니는 생계와 운동을 이어가기 위한 양식을 얻는 장사는 물론 구명운동이라는 최전선에 서는 일에 좋든 싫든 나설 수밖에 없게 되었다. 아버지 대신 파친코 기계를 손보고 은행업무와 경품구매까지도 관리했다. 구명집회에서는 '평범한 가정주부'에게 느닷없이 닥쳐온 비극을 이야기하고 아버지의 무죄를 증언하며 지원을 절절히 호소했다. 연단에서 내려오면 불평하는 일 없이 잡무까지도 먼저 나서서 처리하며 묵묵히 활동했다. 나는 때때로 어머니와 함께 나간 집회에서 아버지의 석방을 호소하는 어머니의 얘기에 가슴이 아팠고 한편으로 평소 어머니와는 전혀 다른 또 다른 어머니를 보며 몹시 놀랐다.

어머니는 원래 자신에게나 타인에게나 엄격한 사람이었다. '여자'로서 '아내'로서 그리고 '엄마'로서 완벽을 추구하는 구석이 있었다. 가족과 종업원의 식사를 혼자 챙겼고 많은 빨래를 세탁해 널고 속옷까지 다림질을 했다. 안채와 가게 안을 비롯해 주변을 그야말로 먼지 하나 없을 정도로 청소하지 않으면 직성이 풀리지 않는 사람이었다. 애들이 다섯이나 되니 힘들 거라며 아버지가 강하게 권해 가정부를 들였음에도 그 아줌마 일을 줄이려 전보다 30분이나 일찍 일어나 아줌마의 식사를 만들고 집안일을 챙기는 주객이 전도된 일까지 있었다.

"당신이 조금이라도 편하라고 아줌마를 들였는데, 왜 일을 늘리는 거야."

아버지가 저녁식사 때 진심으로 화를 냈던 걸 기억한다. 결국 가정부 아줌마는 얼마 못가 우리 집에 오지 않게 되었다.

그렇게 아버지를 빼앗긴 어머니가 이번에는 '아버지'가 되어 자신이 완벽을 추구했던 '내조의 공'을 큰딸인 내게 엄하게 요구하기 시작했다. 내게는 어머니를 도우는 일이 아버지를 구하는 일로 이어진다는 생각이 차고 넘쳤다. 하지만 중학생이었던 나에게 어머니가 해왔던 만큼의 '주부의 일'이 가능할 리 없었다. 그런데도 어머니는 그걸 당연하다고 여겨주지 않았다. 어머니는 나와 비슷한 나이에 '야무지지 못했다'는 할매를 대신해 집안일을 도맡았다고 단언하듯 말했다. 그런 어머니의 엄격한 잣대로 보면 뭐 한 가지 제대로 못하는 나는 '계집애인데도' '시집도 못 보낼 어중이'였을 것이다.

나에게 집과 어머니와 형제들에게서 그리고 아버지의 사건으로부터 벗어날 수 있는 유일한 장소는 학교였다. 그것을 고등학교에 들어온 지 며칠 만에 절실히 실감했다. 아무도 '재일한국인정치범 — 확정사형수의 딸'인 내 존재를 아는 사람이 없었다. 그리고 나는 매일아침 일찍 학교에 가서 되도록 늦게 집에 오려고 했다. 중학교 때는 '장기결석생' 신세를 간신히 면할 정도로밖에 학교에 가지 않았던 내가 무지각 무결석 개근생으로 변신했다. 구명운동이 막 시작되었을 무렵 뭐가 뭔지도 모르면서 동분서주한 어머니는 굳이 말은 안했지만 자주 결석하는 나를 걱정했다. 걱정은 하면서도 집안을 돌보는 나를 의지했다. 결국 학교에 가지 않는 걸 묵인하는 거였다. 그런데 '학교에 가라'고 굳이 말하지 않는 어머니가 학교도 안 가면서 도무지 내가 하는 집안일이 자신의 눈에 차지 않는지 도움이 안 되는 나에 대한 실망과 짜증을 숨기지 않았다. 내가 고등학생이 되고 난 후부터 학교에 열심히 다니는 걸 흐뭇해하면서도 집안일을 소홀히 하는 데에 불만이 쌓이면 화를 폭발시키기도 했다. 그나마 '오빠'는 중학교 3학년이 되자 어느 정도는 자기 일은 스스로 했고, 첫째 여동생도 자신뿐만 아니라 밑에 여동생을 돌봐줄 만큼은 되었다. 그것이 어머니의 잔소리를 잦아들게 하는 효과를 발휘했다. 게다가 내 성적이 눈에 띄게 좋아진 이유도 있다. 고교 1학년 1학기에는 학년에서 8등을 하기도 했다. 그것도 어머니의 불만을 누그러뜨렸다.

아침에 교문이 열리는 시간에 맞춰 등교한 나는 무료함을 달래기 위해 교실에서 뒤쳐진 공부를 시작했다. 가게 2층의 좁은 집에서 '오빠'는 '장남'이라는 이유로 방 하나를 차지했다. 하지만 우리 세 자매는 책상 하나를 공유하고 서랍 3개를 하나씩 갖는 게 고작이었다. 공부는커녕 맘 편히 있을 곳조차 없었다. 그래서 아무도 없는 교실에 나와 예습과 복습을 했더니 수업이 이해가 되고 재미가 붙었다. 그러자 점점 공부가 하고 싶어졌다. 방과 후에는 도서관에서 공부뿐만 아니라 고흐 같은 인상파 화가의 화집이나 『도몬켄(土門拳)의 고찰순례』를 보거나 유행하는 소설을 읽기도 했다. 물론 어

쩌다 모인 <BG> 친구들과 교실에서 시시콜콜한 수다를 즐기기도
했다.

그러던 중 나에게 방과 후에 어울리는 <BG>와는 다른 아침친구
가 생겼다.

'사-짱'이다. 나중에 알게 된 사실이지만 사-짱은 줄곧 학년 톱
성적을 유지하는 고고한 수재였다. 그녀도 나처럼 이른 아침에 등
교해 있었다. "안녕" 하고 인사를 주고받는 사이에 조금씩 이야기
를 나누게 되었다. 그러자 혼자 교실에 덩그러니 있는 것도 쓸쓸
해서 내가 먼저 그녀 옆에서 공부하겠다고 했다. '사-짱'은 수업진
도에 맞춰 공부하는 게 아니라 영어실력을 키우기 위해 샐린저의
『호밀밭의 파수꾼』을 원어로 읽고 있었다. 매일 원문 2페이지를 노
트에 필기한다. 그걸 작게 소리 내어 읽은 다음 사전을 찾아가며
번역한 후 자기가 번역한 문장을 번역판과 비교하면서 단어나 관
용표현을 체크하는 방식이다. 굉장한 속도와 예쁜 글씨체로 필기
하고 말 그대로 영어다운 발음으로 읽은 다음 이렇게까지 사용했
나 싶을 정도의 영일사전을 자유자재로 다루는 '사-짱'이었지만,
내가 교과서에서 모르는 부분을 물어보면 싫은 내색 하나 없이 어
떤 과목이든 정확하게 의문점을 풀어주었다.

"있잖아, 토끼짱."

어느 날 공부하던 중에 웬일로 그녀가 먼저 말을 걸어왔다.

"너, 팝송 중에 좋아하는 노래 있어? 좋아하는 아티스트라던가."

생각지도 못한 그녀의 질문에 잠시 고민했다. 평소에 듣는 음악
이라고 해봐야 가게에서 흘러나오는 엔카와 1시간 간격으로 울려
퍼지는 옛일본군 군가 '군칸마치'가 고작이었다.

"음… 팝송은 별로 안 들어서. 아, <Yesterday Once More>는 좋아해."

"아, 카펜터스." 어쩐지 지겹다는 말투다.

"왜? 싫어해?"

"뭐, 나쁘진 않지. 근데 멜로디는 예쁘지만 지나치게 명랑하고 가사도 너무 착하잖아. 고민이라고 해봐야 사랑이나 연애에 관한 것뿐이고."

"가사? 난, 영어 노래라 거기까진 생각 못한 걸. 곡이 좋다는 것밖에…."

"이건 어때?"

가방에서 미니카세트를 꺼내 이어폰을 뽑은 다음 테이프를 조금 거꾸로 감았다.

"영어회화 공부를 한다고 부모님께 졸라서 산 건데, 실은 계속 음악만 듣거든. 이건 내가 번역한 거."

그녀는 작은 노트를 내게 건네고 재생버튼을 눌렀다.

노크소리가 연상되는 낮은 기타소리로 가슴을 저미듯 우울하게 시작된 노래가 갑자기 드럼과 전자기타 비트 속에 남성듀엣의 아름답고 힘찬 하모니로 'I am a rock, I am an island'를 반복하다가 다시 어둡고 고요하게 끝났다.

벽을 쌓자
아무도 들어 올 수 없는
굳건한 벽을
친구는 필요 없어

친구는 고통만 줄 뿐이야
나는 웃음과 사랑을 경멸해
I am a rock
I am an island

"왜 그래? 괜찮아? 얼굴이 새파래졌어."
번역한 가사를 따라가며 듣고 있던 나는 너무 놀랐다. 나와 똑같은 영혼이 외치고 있는 것만 같았다. 이제껏 찾아 헤맨 답이 거기 있었다. 나는 고독하길 바라는 게 아니다. 하지만 반 친구들에게 '在日'하고 있는 '조선인'이라서 당하는 서러움이나 '사형수의 딸'이라는 비통함을 고백해도 진심을 다해 알아주지 않았다. 알아주지 않으니 상처를 받는다. 아픔과 괴로움이 늘어날 뿐이었다. 그건 지금까지 질릴 만큼 경험해왔다. 그래, 이제부터 벽을 쌓자, 견고한 벽을.
"멋지다. 한 번만 더 들려줘."
나는 가쁜 숨을 내쉬며 부탁했다. 내 말에 기분이 좋아진 '사-짱'은 테이프를 반복 재생시키면서 샐린저는 뒷전인 채 사이먼 앤 가펑클에 관해 이것저것 가르쳐주었다. 그들이 유대인계라서 히브리어 공부를 싫어했다는 얘기도 한국어를 전혀 모르는 나에게는 가슴 깊이 꽂혔다.
"나도 이렇게 강하게 살고 싶어."
'사-짱'이 이렇게 말했을 때 일본이라는 나라에서 나와 그녀의 처지와 그것에 기반을 둔 감성의 차이를 깨달았다. 나는 그녀와 내가 느끼는 감동의 차이를 얘기하지 않고 침묵했다. 그렇게 하는 게

'벽을 쌓는' 것이라 생각했다.

"이제부터 나를 '사-짱'이라고 불러"

"왜?"

"사이먼 앤 가펑클처럼 줄인 거야. 둘만의 암호."

"아하, 그러네. 괜찮은 걸!"

둘이서 웃었다.

이날이 1년 전쯤의 일이다. '사-짱' & '토키짱' 아침 듀엣은 지금도 진행 중이다.

이케부쿠로(池袋)의 익숙해진 도로가 끝나는 곳에 구원회 사무실이 3층에 있는 낡고 작은 빌딩에는 엘리베이터가 없었다. <BG> 멤버들과 헤어진 후 무거워진 마음 때문에 계단을 천천히 올라갔다. 짧은 복도 안쪽에 있는 사무실에서 카랑카랑한 남자의 말소리에 이어 남녀의 웃음소리가 새어나왔다.

'오늘은 선생님이 와 계시나 보다.'

가슴이 설레었다. 노크를 한 뒤 나무문을 열었다.

"안녕하십니까."

"오오, 왔구나."

문 가까이에 앉아있던 이좌영 선생님이 일어나 오른손으로 내 손을 꼭 잡고 "어머니와 동생들은 잘 지내지?" 하고 물었다. 이좌영 선생님은 아버지가 체포되기 직전에 발표된 '울릉도 간첩사건'의 배후조종자로 지목되어 형과 남동생, 사촌형제 3명이 체포되었다. 이 사건으로 충격을 받은 이좌영 선생님의 아버지는 갑자기 돌아가셨다. 이좌영 선생님은 "육친뿐 아니라 모든 정치범의 석방을 목표로 인권운동을 해야 한다.”고 역설하고 사재를 털어 운동의 선두에 섰다. 그리고 아버지를 한국의 감옥에 빼앗긴 우리 가족에게 각별한 애정을 쏟아주고 계셨다. 이좌영 선생님의 인사에 “네” 하고 대답하자 “그래, 다행이다. 너도 고생이 많구나.” 하며 등을 토닥토닥 두드려주신다. 그러자 나를 휘감고 있던 근심 걱정이 몸에서 툭툭 털려나갔다. 담배와 포마드 냄새가 코를 간질거려 아버지를 만난 것 같아 나도 모르게 눈물이 났다.

<BG>멤버들이 가마쿠라에 가기로 한 약속은 결국 ‘야마테’가 ‘학교행사가 있다’는 핑계를 대고 할아버지의 3주년 기일에 빠지는데 성공해 나를 제외한 4명이 예정대로 진행했다. 나는 ‘도저히 빠질 수 없는 내 약속’을 유야무야 시켜준 ‘야마테’가 내심 고마웠다. 가마쿠라에서 사온 선물이라며 ‘히가시’가 대표로 쓰루가오카 하치만구(鶴ヶ岡八幡宮)에서 가져 온 제비뽑기를 내게 주었다. 그걸 친구들 앞에서 펼쳐보니 ‘大吉(운이 매우 좋음)’이었다. ‘대체 무슨 운이 좋다는 거야’ 나는 속으로 혀를 찼다.

교복이 블레이저에서 흰 블라우스 하복으로 바뀌자 ‘사-짱’과 나누는 아침인사가 “오늘도 덥네.”로 바뀌었다. 불과 얼마 전 어머니가 회장으로 취임한 <가족·교포회 결성 1주년 집회>가 끝났다. 학부모회나 반상회 임원조차도 한 적이 없는 어머니는 모임의 책임자라니 당치않다며 한사코 고사했다. 그런데 이좌영 선생님과 지원자들이 ‘정치범의 가족이 구원활동 선두에서 애쓰는 모습을 보여야 마땅하지 않겠냐.’며 강하게 설득했다. 어머니는 더 이상 사양하지 못하고 중책을 맡기로 한 것이다. 일단 무슨 일이든 맡으면

철저히 해내고야 마는 어머니. 1주년 집회에는 나도 물론 참가했지만 예상보다 훨씬 많은 사람이 와주어 성공적으로 끝났다. 그러자 어머니는 한 숨 돌릴 수 있었고 조금은 편안해 진 것 같았다.

그전까지 어머니는 그야말로 고슴도치처럼 날이 서 있었다. 아버지의 <부당판결 3주년 사형집행저지 시민집회>가 끝나고 얼마 지나지 않아 열린 <가족·교포회 결성 1주년 집회>는 집회뿐만 아니라 콘서트와 바자회도 했다. 그 때문에 어머니는 거의 매일 가게 문을 열고나면 곧바로 외출해 밤늦게 돌아오는 나날을 보냈다. 어쩌다 일찍 돌아왔을 때 애길 들어보니 낮에는 노동조합과 시민단체를 돌며 참여요청과 바자회 협력을 부탁하고 저녁부터 밤까지는 정치범의 가족과 동포단체, 지원하는 일본인들과 협의, 바자회 물품정리 등으로 숨 돌릴 틈조차 없었다는 걸 알았다. 그렇게 눈코 뜰 새 없는 분주함이 급기야 완벽을 추구하는 어머니의 신경을 곤두서게 만들었다. 하지만 어머니가 집 밖에서 짜증을 표출하는 일은 없었다. 나는 그걸 손바닥을 들여다보듯 잘 안다. 꽤 어릴 적부터 내게 '맏딸'로써의 의무를 강조해 온 어머니가 걸핏하면 부리는 사람처럼 내게 집안일을 하라고 잇달아 요구했다. 가정부 아주머니에게는 필요이상으로 신경을 썼던 분이 나를 비롯한 딸들에게는 어림없었다. 어머니가 무언가에 짜증이 나 있을 때 운 나쁘게 시야에 딸들이 들어오면 별안간 가당찮은 명령이 낙뢰처럼 떨어졌다. 그 때문에 자연스레 어머니 심사를 꿰뚫어 볼 수 있게 되었다.

어머니가 안 계신 집에서 남동생과 여동생들은 커다란 솥에 있는 밥을 떠서 냉장고에 있는 몇 가지 반찬으로 제각기 저녁을 먹었다. 나는 대체로 제일 마지막에 식사를 하고 뒷정리를 했다. 그리고 세탁한 옷을 정리하거나 필요하면 세탁기를 돌렸다. 그런 다음 가능한 어머니가 돌아오기 전에 잠자리에 들려고 했다. 날이 서있는 어머니의 신경은 자신 대신에 집을 지키고 당연히 '오빠'와 동생들의 뒤치다꺼리를 해야 할 나의 어설픔을 무의식중에 탐색했다. 자고 있으면 깨워서까지 내 어설픔을 추궁하고 잔소리를 하는 어머니는 아니었다. 다만 어머니 판단에 너무 대충이다 싶으면 다음날 아침 호되게 혼이 나긴 했지만.

그날 아침도 어머니는 평온하고 차분했다. 자리에서 일어나 부엌으로 가 평소처럼 나와 '오빠'의 도시락을 싸려고 냉장고를 들여다보는데 어머니가 가게에서 올라왔다.

"도시락은 벌써 싸놨어. 가끔이라도 안 만들어 주면 어머니 손맛을 잊어버릴 거 아냐."

"진짜? 고마워."

"고맙긴 뭐가 고마워."

"아니…"

아버지가 안 계신 이후로 이런 일은 별로 없었다. 게다가 식탁위에는 계란말이랑 들기름과 소금으로 양념해 구운 김 등 반찬 몇 가지가 놓여있었다.

"밥은 잘 챙겨 먹어야지."

어머니는 서둘러 다시 가게로 내려갔다. 나는 계란말이를 입 속 가득 우물거리며 문득 '음, 이 맛이야' 하고 중얼거렸다. 아침을 다 먹은 후 가게 앞 청소를 하고 있던 어머니에게 "잘 먹었어요." 라고 인사한 후 '사ー짱'과의 듀엣을 위해 서둘러 학교로 갔다. 어머니가 편안하면 나도 좋다. 그렇기만 하다면 걱정 없이 나의 '오아

시스'에서 일상을 즐길 수 있었다. 때문에 이날 나는 어쩐지 들뜬 기분이었던 것 같다. 학교가 끝나고 '니시양'과 '히가시'가 이끄는 대로 찻집에서 정신없이 수다를 떨다 집으로 돌아온 시간은 저녁 8시 전이었다.

현관에 들어서니 늘 시끄럽던 텔레비전이 꺼져있고 동생들은 자기들 방에 있는지 모습이 보이지 않았다. 어머니의 뒷모습이 눈에 들어왔다. 수화기를 들고 긴장된 목소리로 "예, 예" 대답만 할 뿐이었다.

— 뭔가 일이 벌어진 거야. 그것도 안 좋은 일이.

나는 어머니 곁으로 다가갔다.

"예, 내일, 일찍 사무실로 가겠습니다. 네, 괜찮습니다."

수화기를 내려놓은 어머니가 돌아보았다.

"다녀왔습니다… 근데, 무슨 일 있어?"

"문디 가시나! 지금 몇 신줄 알아! 어디서 놀다 이제야 와. 아버지와 사형수들이 감옥에서 단식을 시작해 교도소가 발칵 뒤집혔다는데. 넌 아버지가 사형수라는 걸 잊은 거야! 언제 무슨 일이 일어날지 모르는데 그런 건 생각 않고 노는 데만 정신이 팔려있고. 집에서 네가 해야 할 일이 얼마나 많은데, 성적이 좀 올랐다고 어머니 말이 우습게 들리는 거야? 뭐 하자는 속셈이야!"

어머니의 다그침이 점점 더 거세졌다. 어머니 눈에는 미움인지, 슬픔인지, 분노인지 모를 눈물이 가득 차올라 금방이라도 쏟아질 것 같았다. 아니, 어쩌면 어머니는 외로운 거다, 외톨이라서, 고독해서 그럴지도!

나는 어머니 품에 뛰어들어 힘껏 끌어안았다.

"왜이래 얘가. 어머니한테 대드는 거야!"

나를 밀쳐내려고 어머니가 버둥거린다.

"어머니, 어머니…"

나는 힘껏 어머니를 끌어안았다.

'어머니 미안해요. 외롭게 해서. 그치만 어머니는 혼자가 아니야. 나도 동생들도 있잖아.'

어머니 몸에서 힘이 빠져나갔다.

나는 마음속으로 소리쳤다. 말로는 할 수 없는 말을 어머니에게 전달하기 위해서. 입 밖으로 꺼내면 거짓말로 밖에 들리지 않을 내 마음. 어머니를 끌어안고 온몸으로 전할 수밖에 없는 바램.

어머니. 나는 '엄마'와 '딸'로써가 아니라 부모자식을 초월해 죄도 없이 정치범이 되어 한국의 감옥에 갇혀있는 아버지와 아저씨, 오빠, 언니들을 구하기 위해 함께 운동하는 '당신'과 '나'로서 애정을 나누고 싶어요……

다음 날, 수업이 끝나고 학급회의 시간. 담임선생님은 높은 확률로 철도 동맹파업이 예상되기 때문에 혼란을 피하기 위해 파업여부와 관계없이 내일은 휴교한다고 했다. 그러자 비명 같은 환성이 터지고 교실은 흥분의 도가니로 변했다.

"잠깐 잠깐, 학교가 그리 호락호락한 줄 알아. 어디까지나 자택수업이야. 알겠지? 숙제를 내주겠다. 안 해 오면 결석처리 할 거다."

교실 여기저기에서 불만이 터진다. 담임은 그것을 무시하고 계속 이야기했다.

"숙제는 작문. 어렵진 않을 거다. 주제는 자유, 원고지 3장 이상으로 얼마든지 써도 좋다. 적당히 쓸 생각 마라. 다음 학급회의 때 제출한 작문을 읽게 할 테니까. 말도 안 되는 글을 써왔다가 창피를 당하는 건 너희들이니 알아서 해."

선생님의 말에 가슴이 두근거렸다. 주제는 자유이고 학급회의 때 작문을 발표한다면….

나는 어머니에 대한 사랑을 표현해야겠다고 그 자리에서 마음먹었다. 내가 '지극히 평범한 일본인 여고생'으로 위장하기 위해 쌓아 온 '벽'을 허물 절호의 기회가 왔다. 몸이 떨리고 심장이 마구 뛰기 시작했다. 나의 대담한 발상에 가슴이 두근거렸다. 하지만 긴장감으로 가슴이 죄어오기도 했다.

서울구치소에서 아버지를 포함한 사형수 10명이 시작했다는 무기한 단식은 채광과 환기를 차단하는 창문 덮개를 떼어낼 것, 사형수의 수갑을 풀어줄 것, 정원의 3배나 들어차있는 감방 수용인원을 정원으로 줄일 것을 요구한 단식이었다. 결국 내부결속이 무너져 3일 만에 중단할 수밖에 없었다고 한다. 서울에서 온 정보에 혼란이 있어 어머니가 그 소식을 들었을 때는 이미 단식이 끝나 있었다. 그런데 구치소 측은 정치범 사형수들이 벌인 집단행동에 놀라 아버지와 수감자들에게 상당히 엄한 징벌을 가하고 있다는 얘기도 전해졌다. 그 때문에 다시 어머니는 밤에 제대로 잠들지 못할 만큼 속을 태웠다.

국철파업이 취소된 아침 나는 평소보다 일찍 일어나 부엌으로 갔다. 한 숨도 못 잔 채 어머니는 외출준비를 하고 가게를 청소하고 계시겠지. 계단 아래서 빗자루질 소리가 들려왔다. 바깥 계단으로 이어진 통로에 놓여있는 세탁기도 윙윙거리며 돌아갔다. 나는 아

침식사를 준비하고 나와 '오빠'의 도시락을 만든 후 교복으로 갈
아입고 가방을 들고 집을 나섰다. 가방 안에는 올봄에 편집이 끝
나 발간된 아버지의 <구원운동 기록집>과 어젯밤부터 쓰기 시작
한 작문과 필기도구, 도시락만 들어있다. 시립도서관이 문을 열 때
까지는 근처 하천부지의 산책로라도 걸으며 시간을 보낼 생각이었
다.

꼬박 하루가 걸려 완성한 작문은 원고지 13장이나 된다. 제목은
이것저것 고민한 끝에 <처음으로 친구들에게 하는 이야기>로 정
했다. 내 얘기, 재일조선인, 아버지의 사건, 어머니와 동생들 이야
기, 아버지가 확정사형수라는 사실, 구원운동을 하는 것, 그리고 진
실을 알아주고 우리 가족에게 힘이 되어주길 바란다는 것. 마지막
으로 나를 부를 때는 일본이름이 아닌 본명으로 불러주면 좋겠다
고 썼다.

작문을 제출했을 때 담임은 "오, 열심히 해왔네. 이게 제일 길구
나." 하며 받았다.

나는 다음 주에 있을 학급회의 시간을 짜릿한 긴장감 속에 기다
렸다. 그와 동시에 내 작문을 읽은 담임선생님이 사전에 무언가 얘
기할지도 모르니 단단히 준비하고 있었다. 그런데 아무 조짐도 없
이 맞이한 학급회의 시간은 여름방학생활에 관한 여러 주의사항과
수련회 역할분담, 촌극 담당자를 정하는 일로 채워졌다.

학급회의를 시작할 때 담임은 농담하듯 말했다.

"모두의 작문을 읽으려면 시간이 걸리는데다, 다들 형편없어서
읽어보나 마나야."

"앗싸!" "좋았어!"

친구들은 모두 저마다 소리치며 몹시 기뻐했다. 나는 늪에 빠져 옴짝달싹 못하게 된 가여운 어린양처럼 좌절감으로 괴로웠다. 언제나 그랬다. 바라는 일은 이루어지지 않았고 반대로 최악의 결과만 찾아온다. 아버지의 일도 그렇다. 돌아오길 바라면 바랄수록 아버지는 멀어져갔다….

학급회의를 하는 동안 고개를 들 수 없었다. 몇몇이 내 이름을 부른 것 같은데 대꾸할 기분이 아니었다. 딱 한 번 대각선 뒷자리에 앉은 '류'가 등을 찔렀기에 반사적으로 돌아보았다. 그녀의 걱정스런 얼굴이 한층 더 어두워지는 걸 보았을 뿐 다시 우울한 기분으로 빨려들어 갔다.

학급회의 마지막에 담임이 작문을 돌려주었다. 그런데 내 작문은 돌아오지 않았다. 담임은 내게 나중에 교무실로 오라는 말을 남기고 교실을 나갔다. 나는 더더욱 낙담에 빠졌다.

교무실로 가니 담임이 내 작문을 아무 말 없이 건넸다. 나는 선생님의 말을 기다렸다.

"그럼, 그만 가봐."

나는 인사를 하고 빠른 걸음으로 교무실을 나왔다. 소리를 지르고 싶었지만 소리칠 수 없었다. 한시라도 빨리 교무실을 벗어나려 뛰어나가는데 "잠깐만." 하는 소리가 뒤쫓아 왔다.

돌아보니 눈물로 일그러진 시야 속에 나이든 여선생님이 보였다. 이쪽으로 다가온다. 어디선가 본 것 같은데 도무지 기억이 나지 않는 선생님이었다.

"아, 다행이다. 엇갈릴 뻔 했네."

그녀는 내 눈을 똑바로 보며 말했다.

"네 작문을 읽어봤어. 알다시피 네 담임선생님은 신임이잖아. 아직 젊어서 어찌해야 좋을지 몰랐던 모양이더구나. 그래서 옆자리에 있는 고전문법 선생님께 의논을 했는데, 거기서 나한테까지 오게 됐어. 아주 잘 썼어. 좋은 작문이야. 아니, 아니지. 좋은 문장이었단다. 저기, 저쪽 회의실에서 잠깐 얘기 안할래? 괜찮지?"

하야시 마키코(林慎子)선생님은 사회과목을 가르친다고 자기소개를 했다. 현모양처교육이나 수험·취업으로 내모는 학교 측과 대립하다가 자유롭게 가르칠 수 있는 상업계 학교로 옮겼고, 거기서 실시한 평화·인권교육 시범수업을 교육용잡지에 발표해 높은 평가를 받자 다른 학교에서도 수업견학을 희망하는 이들이 늘어났다고 한다. 당황한 학교 측이 다시 복귀해주기를 원해서 올해부터 담임은 맡지 않고 세계사와 일본사를 담당하고 있다고 얘기했다. 그리고 자신의 친구 가운데 다른 고등학교에서 교사를 하는 오카 유리코(岡百合子)선생님이 재일조선인과 결혼했는데 그 영향도 있어서 조선어와 조선역사 공부도 하고 있다고 했다.

"오카 선생님이 재일한국인정치범 구원운동에 힘쓰고 계시거든. 아, 재일유학생이 일제히 검거당한 '11·22 사건' 알지? 붙잡힌 사람 중 하나인 김지원 군이 오카 선생님의 제자였거든. 그의 이름은 너도 알지? 이러저러한 이유로 나도 운동에 참여하고 있어. 그러니까 네 아버지의 일도 알고 있었고, 집회에서 어머니 말씀을 들은 적도 있어. 네가 구원집회에서 발언했을 때, 그게 중학교 때 사진이었나? 그것도 보았고 영화 『고발』도 봤단다. 그런데 이 학교에 네가 다니고 있었다니. 너 학교에서 일본식 이름을 쓰지? 그러니까 몰랐지…. 지금까지 정말 고생 많았어. 그래도 아버진 무죄이니

반드시 무사히 나오실 거야. 무슨 일 있으면 어려워 말고 내게 의논하렴. 조금은 도움이 될 테니까."

회의실을 나와 교실로 향하면서 아쿠타가와 류노스케의 소설 『거미줄』이 머릿속에 떠올랐다. 정치범 구원운동은 결국 거미줄이다. 혼자만 살려고 하면 그 줄은 끊어지고 만다. 소설에서처럼 지옥으로부터 빠져나오기 위해 뻗어 내려온 한 줄기 빛 속에 희미하게 빛나는 가늘고 여린 거미줄을 내가 움켜잡은 것 같기도 했다. 운동장에서는 방과 후 동아리활동에 열중인 학생들의 쩌렁쩌렁한 구호소리가 들려왔다. 워밍업 달리기가 시작된 것 같았다.

그런데 이 작문을 어떻게 할까 ― 작심했던 계획이 틀어지자 그만두고 싶은 생각과 귀찮음이 내 마음을 얽어매려 했다. 하야시 선생님을 알게 됐으니 그걸로 된 거다. 서랍 깊숙이 보관해두자. 교실에 들어가기 전까지는 거의 그럴 마음이었다.

"'토키짱', 안 좋은 일이라도 있었어?"

'류'가 금방이라도 울 것 같은 표정으로 나에게 물었다. 교실에는 <BG> 4명이 나를 기다리고 있었다. 그 친구들을 보고 나는 결심했다.

"작문을 되돌려 받은 것뿐이야."

"그것뿐이라고? 이상하잖아. 왜 '토키짱'만 오라고 한 거지?"

'히가시'가 말했다.

"작문내용 때문인 것 같아. 나 있잖아, 이걸 너희들 앞에서 읽을 생각에 진짜 열심히 썼거든. 그래서 말인데, 지금부터 너희들한테 읽어 줄테니 들어 줄래?"

요동치는 심장을 진정시키며 절대 울지 않으리라 심호흡을 하고 읽기 시작했는데 결국 도중에 눈물이 쏟아졌다. 목이 잠기고 콧물까지 나오고 말았다. 간신히 끝까지 다 읽고는 친구들을 쳐다보았다. '류'와 '니시양'이 눈가를 닦고 있긴 했지만 어딘가 모르게 견디기 힘들었는지 어색한 공기가 그 자리를 맴돌았다.

"들어줘서 고마워. 오늘은 먼저 갈게 …"

이렇게 말하자 모두들 안도하는 표정이다. 나는 무엇을 바랐던 걸까? 혼자 집으로 가는 북적이는 야마노테선(山手線) 전차 안에서 그런 후회가 끓어올랐다. 북쪽으로 향하는 조반선(常磐線)으로 갈아 타고 강을 건너자마자 높은 벽으로 둘러싸인 도쿄구치소의 시커먼 실루엣을 차창으로 보면서 아냐, 그건 나를 위해서였다고 내 마음을 다독였다.

다음 날 아침, '사-짱'과의 듀엣공부가 끝나갈 무렵 작문을 건넸다.

이날 <BG> 친구들은 애써 지금까지와 다름없이 나를 대하려고 했다. 나도 평소처럼 행동했다. 작문에 쓴 것처럼 나를 본명으로 불러주길 바랐던 기대는 이뤄지지 않았고 나도 다시 부탁하지 않았다.

이튿날 아침에 '사-짱'이 작문을 되돌려 주면서 내 본명을 부르고 조금 멋쩍은 듯 말했다.

"몰랐더라면 좋았을 걸. 고백 안하길 바랐는데, 그럴 수만 있다면. 이렇게 알고 나면 책임이 생기잖아. 친한 친구의 아버지가 죄가 없는 사형수라는 걸 알게 되었는데 아무 것도 안하고 있을 순 없잖아. 그래서 말인데… 바라는 게 있으면 뭐든 얘기해. 할 수 있는 일은 뭐든 할게."

이렇게 나는 내가 만든 벽에 구멍을 내고 그 벽에서 기어 나와 몇 사람과 진심어린 만남을 이루어냈다.

해가 바뀌자 지역에서 아버지의 구원회를 발족하게 되었다. 하야시 선생님과 <BG> 친구들과 '사-짱'에게 참가해 달라며 전단을 건넸다. 하야시 선생님은 학교일을 조정해서 꼭 오겠다고 약속해주었다. '사-짱'은 전에 부탁한 서명용지를 마침 챙겨 왔다며 가족과 친척에게까지 받은 서명을 내게 주고는 멀어서 참가는 못하지만 정말 잘됐다고 기뻐했다.

구원회 결성집회 당일에 나는 접수를 돕고 있었다. 예상보다 많은 사람이 참여해 시민회관 로비가 혼잡했다.

"토키짱!"

익숙한 목소리가 들려왔다. 그리고는 다시 그 목소리가 내 본명을 불렀다.

"'류!' 와주었구나!"

"응, 바로 옆 동네인걸 뭐."

"고마워. 기쁘다."

"이쪽은 우리 아버지. 나랑 똑같지?"

"엇, 아버지랑 함께 온 거야?"

나는 인사도 제대로 못하고 행사장 앞 쪽에 있던 어머니를 부르러 뛰어갔다.

1979년, 고3이 된 봄부터 한국에서는 군사정권에 반대하는 시위가 격해져 어수선해지기 시작했다. 8월에는 야당인 신민당 당사에서 농성을 하던 YH무역의 여성노동자들을 경찰이 강제로 해산시키는 바람에 한 사람이 추락사하는 사건이 일어났다. 이 사건과 관련해 신민당 김영삼 총재가 총재직을 그만두게 되었다. 게다가 10월에는 김총재의 의원직이 박탈당하자 그의 출신지역인 부산과 마산에서 민중폭동이 일어나 비상계엄령이 내려졌다. 어머니와 나는 매일 텔레비전과 신문에서 눈을 떼지 못한 채 옥중에 있는 아버지와 사형수들의 신변을 걱정했다. 다급해진 군사정권이 '북의 위협'을 운운하면서 본보기로 사형수를 처형할 것을 두려워했다.

"일어나, 빨리!"

어머니가 나를 흔들어 깨웠다. 잠이 덜 깬 눈앞에 화장도 하지 않은 어머니의 창백한 얼굴이 윤곽을 드러냈다. 안 좋은 일이 일어났다는 직감에 벌떡 일어났다.

"무슨 일 있어? 아버지 일?"

"대통령이 총에 맞았어…"

나는 아버지가 붙잡힌 해 여름에 어머니에게 같은 질문을 했던 일이 생생히 떠올랐다.

"한국?"

"맞아. 한국."

"어떻게 됐어?"

"죽었어."

"헉…" 이번엔 진짜야? 라는 말은 그냥 삼켜버렸다.

"…박대통령이 죽었다면 아버지와 사형수들이 감옥에서 나오게 될까?"

"심복이었던 사람이 쏘았대. 그러니까 알 수 없어. 오히려 위험할 지도 몰라."

어머니가 목소리를 죽이며 말했다. 우리는 불안에 싸여 서로를 쳐다보았다.

그때부터 하루하루가 아찔할 정도로 정신없이 돌아갔다. 한국의 정치적 변화가 옥중에 있는 정치범 탄압으로 이어지지 않도록 가족·교포회와 구원회가 일본외무성에 면담요청을 시작했고 잇달아 구원집회를 개최하는 등 운동을 강하게 펼쳤기 때문이다. 어머니는 숨을 돌릴 겨를조차 없었고 그 분주함은 예사롭지 않았다.

이렇게 정신없는 가운데 해가 바뀌자 '서울의 봄'이라는 말을 텔레비전과 신문에서 듣게 되었다. 정확히 1년 전부터 모으기 시작한 <UN과 일본정부에 정치범의 인권구제를 촉구하는 서명>을 UN에 제출하기 위해 어머니와 이좌영 선생님을 비롯한 정치범가족대표 8명이 연초부터 한 달 동안 뉴욕, 런던, 제네바, 로마와 UN 등의 국제기관을 방문하는 여정에 나섰다. 나는 대학진학을 위해 수험공부를 하면서 이모와 함께 어머니가 안 계신 집을 지켰다.

대학은 제1지망에 실패해 제2지망 학교에 진학하기로 했다. 시험이 끝났을 무렵에는 '서울의 봄' 기간에 어떻게든 가족면회를 실현시켜 기정사실화 해야만 한다고 들었다. 가족·교포회와 구원회는 한국의 정세가 불투명해 상황이 어떻게 뒤집어질지 알 수 없다고 여겼다. 그러니까 조금 상황이 느슨해진 지금이야말로 돌파구를 열어야 할 필요가 있었다. 그때 나에게 여권취득이라는 일이 주어졌다. 애초부터 나는 아버지를 만나고 싶었기에 이 일을 기쁘게 생각했지만 불안함이 없는 것은 아니었다. 한국정부의 여권과 일본정부의 재입국허가가 쉽사리 나오리라고는 생각할 수 없었기 때문이다. 어머니가 UN에 갈 때 가장 큰 난관이 일본 재입국허가를 받는 일이었다. 한국정부는 '간첩의 가족은 간첩'이라고 공언하고 여권을 발급하지 않았다. 일본정부는 그것을 이유로 재입국허가를 내주지 않았기에 재일동포는 해외로 도항할 수 없는 악순환이 반복되었다. 정월에 어머니 일행이 UN에 갈 수 있었던 이유는 운동으로 불러일으킨 여론 덕분이었다. 하지만 내 경우엔 한국으로 가는 것이라 '간첩의 가족'이라며 임시여권 발급이 거부될 위험이 있었다.

어쨌든 수속 제1단계로 지역의 민단사무소에 여권을 신청하러 갔다. 여권신청은 나 혼자만이 아니라 자녀 5명 모두 한꺼번에 해야 했다. 서둘러야 했기에 시간이 걸리는 정규여권이 아닌 3주간 정도면 발급되는 임시여권을 신청했다. 그러자 사유서를 내야한다고 해 서울구치소에 수감되어 있는 아버지 면회를 가기 위해 필요하다고 써서 제출했다. 1주일 후에 대사관에서 연락이 와서 영사와 면담하러 오라고 지시했다. 주일한국대사관은 치외법권 기관인데다 영사 대부분이 KCIA(한국중앙정보부) 사람이라 했다. 그런 곳에 가서 괜찮을까 불안한 생각이 들었다.

지정받은 일시에 대사관 영사부로 찾아가니 별실로 안내했다. 누가 봐도 보통사람과는 눈매가 다른 중년남성과 대면했다. 그 사람은 자신에 관해서는 아예 이름조차 대지 않았다. 그런데 나에게는 가족과 운동에 대해 그것도 이미 알고 있는 걸 확인하기 위해 지근덕거리며 물었고 세세히 답변을 들으려 했다. 그리고 급기야 잔인한 표정으로 이렇게 말했다.

"네 아버지는 죄를 저질렀으니까 감옥에 있는 거야. 그건 알고 있겠지."

화가 치밀었다.

"아버지는 무죄입니다!"

"무슨 소릴 하는 거야. 그건 재판에서 확실히 밝혀졌어."

희미한 웃음이 그의 입가에 주름을 만들었다.

"날조입니다. 아버지는 아무 잘못도 하지 않았습니다."

울지 않겠다고 단단히 마음먹었음에도 눈물이 났다. 무슨 말을 해도 통하지 않는 벽 같은 인간. 나는 노려보는 것밖에 달리 할 수 있는 게 없었다. 그는 내가 노려보는 시선을 알아차렸다. 시선을 피하면 안 돼! 나는 필사적으로 다짐했다. 남자가 후— 숨을 내뱉더니 내 눈을 피했다.

"어른을 노려보다니. 한국의 예의에 어긋난다는 건 알고 있냐? 뭐, 됐다. 여긴 법원은 아니니까. 제출한 사유서만으로는 불충분해. 임시여권이 필요한 이유를 좀 더 구체적으로 쓰지 않으면 발급해 줄 수 없어. 가지고 돌아가서 고쳐 써 와. 인도적 차원에서 반드시 한국정부의 관대한 배려를 부탁한다는 걸 강조할 필요가 있다는 것만 충고해두지."

여권신청은 원점으로 되돌아왔다. 나는 어머니와 구원회 사람들과 의논해 사유서를 다시 썼다. 벌써 6년이나 아버지와 가족들이 면회를 하지 못하고 있다. 아버지의 건강이 염려되는 것은 물론이고, 그보다 확정사형수라는 상황은 예단할 수 없기 때문에 아버지가 살아있는 동안에 만나게 해주길 바란다. 한국정부의 관대하고 인도적인 배려를 부탁한다고. 아버지가 무죄라는 사실을 부정하는 전제로 사유서를 쓰는 일은 고통이었다. 이후로 영사를 만나러 갈 때는 구원운동에 참여하고 있는 대학교수나 구원회 사람들에게 함께 가달라 부탁하느라 번거롭고 복잡한 절차를 밟아야 했다. 형제들 5명의 서류 또한 한 사람이라도 미비한 것이 있으면 다시 작성해야 했다. 성만 새겨있는 도장을 찍으면 이름 전체가 새겨진 도장을 찍어오라 해서 또 다시 처음부터. 몇 번씩 민단사무소와 한국대사관을 왕복해야 했고 온갖 트집을 잡는 시달림 끝에 간신히 임시여권을 받아냈다. 그리고 나는 가족을 대표해 구원회의 나베시마 씨와 함께 드디어 서울행 비행기에 탑승하게 되었다.

서울 시내를 빙 둘러싼 산에는 신록이 움트기 시작했다. '렝교'가 곳곳에 피어나 노란색으로 거리를 물들였다. 한국에서는 '개나리'라 부르는 걸 처음 알았다. 서대문에 있는 서울구치소 인근 언덕에도 개나리가 봄을 노래했다. 택시에서 내려 나지막한 언덕에 자리한 구치소로 향했다. 입구에 분수대가 있었는데 물은 나오지 않았다. 많은 사람들이 와 있다. 사람들 너머로 계단이 보였고 계단이 끝나는 곳에 둥근모양의 수위실이 있었다. 이곳에서도 나를 위압하는 붉은 벽돌의 벽이 보인다. 가까스로 여기까지 왔다. 아버지를 가두어 놓은 저 벽까지 찾아왔다.

고집퉁이

문득 서울의 김포공항이 익숙한 장소가 되어간다는 생각이 들었다. 입국심사 카운터에서 세관 쪽으로 가는 통로 첫 번째 모퉁이 정면에 있는 커다란 창. 이곳에서 지난 번 뿐만 아니라 그 전에도 유리창에 비친 내 모습을 보고 여정에 대한 불안이 마음속을 헤집었다. 처음으로 혼자서 이곳에 왔다. 커다란 짐 때문에 느릿느릿 걸을 수밖에 없는 내가 성가신 듯 사람들이 앞질러 지나간다. 오늘은 와타세 선생님도 가나코 씨도 없다. 허전함이 가슴을 죄어온다.

창에 가까워지자 유리창에 비친 내가 점점 커진다. 특대 사이즈 스포츠 백을 업듯이 짊어지고 큼지막한 보스턴백을 양손에 들고 숄더백은 목부터 대각선으로 멨다. 균형을 잡으며 세 사람분의 폭을 차지하고 휘청휘청 걷고 있는 나는 뛰듯이 걷는 한국 사람들에겐 성가신 존재이리라는 생각에 주눅이 들었다. 하지만 그런 생각은 이내 사라졌다. 창에는 비춰지지 않는 가슴 속에 자리를 튼 불길한 예감이 그런 생각을 밀쳐냈다.

입국심사 — 내가 내민 한 장짜리 1회용 임시여권을 받아 든 젊은 심사관은 곧바로 앞에 있는 수화기를 집어 들었다. 나를 뚫어지게 관찰하며 작은 소리로 무언가를 보고한다. 마치 매복하고 기다렸다는 듯.

심장이 고동쳐서 가슴이 뻐근해지더니 속이 메스껍기까지 했다. 그 사람은 나한테서 눈을 떼지 않고 "예, 알겠습니다." 라고 한 뒤 수화기를 내려놓았다. 그리고 딱하다는 듯 빠른 말로 뭐라 말했다. 나는 알아듣지 못하겠다며 고개를 갸웃하고 얼굴을 찡그렸다. 아,

그렇지 라는 표정의 심사관이 어색한 탁음과 억양의 일본어로 "세관으로 가면 출구를 쳐다보고 오른쪽 맨 끝에 있는 카운터로 가세요."라고 말했다.

짐의 무게와 불안함 때문에 땀이 비 오듯 흘렀다. 하지만 양손엔 짐이 들려있다. 땀은 관자놀이에서 뺨으로, 머리 뒤에서 목덜미와 등줄기로 흘러내려 속옷을 적셨다. 그것이 불안함과 불쾌감을 한층 더 휘저었다.

지정된 카운터 쪽으로 갔다. 눈매가 사나운 중년의 세관직원과 눈이 마주쳤다. 입 꼬리에 희미한 웃음을 띠고 있다. 불길한 예감에 무릎의 힘이 빠지려는 걸 필사적으로 버티며 카운터 줄 맨 뒤에 섰다.

앞에 서 있는 서류가방만 든 남자의 통관은 눈 깜짝 할 사이에 끝났다. 내 차례가 되었다. 그래, 언제나 일단 여권이 먼저다. 세관직원도 손을 내밀었으니 그게 맞을 거다. 많은 짐을 카운터에 올려놓고 임시여권 종이를 건넸다. 사진과 내 얼굴을 번갈아 쳐다보며 한국말로 나직하게 뭐라 말한다. 명령어투다. 짐을 보여 달라는 애기라 판단하고 가방의 지퍼를 모두 열었다. 그런데 상대는 짐을 가리키며 방금 전과 같은 말을 더 강한 어조로 반복했다. 나는 작은 산처럼 놓인 짐과 세관직원을 번갈아 보았다. 어떻게 하라는 애기인지 몰라 머뭇거릴 수밖에 없었다. 결국 세관직원은 큰소리의 빠른 한국말로 나를 다그치기 시작했다.

"쵸는 한국마를 모르므니다. 일본말로……"

내 말이 끝나기도 전에 직원의 말투는 더 격해져 화가 난 목소리였다. 뒤에 서있는 몇 사람이 다른 카운터로 이동하는 것이 곁눈으로 보였다. 호기심어린 주변의 시선이 따가웠다.

"미안하무니다." 어떡하지, 눈물이 나올 것 같다.

"쵸, 쵸는 한국마르…"

"저, 선생님…"

뒤를 돌아보니 선이 고운 진한 빨강색 립스틱을 바른 입술이 보였다. 눈가에 맺힌 눈물을 털어내려고 눈을 깜박이자 검은빛깔이 인상 깊고 촉촉하게 반짝이는 눈동자가 보였다. 향이 감돌 것처럼 아름답고 나보다는 조금 나이가 많은 사람이었다. 풍성하고 검은 머리칼은 자연스러운 웨이브가 들어가 어깨 뒤쪽으로 늘어뜨려 있다. 붉은 입술이 움직이자 새하얀 이가 보였다. 그녀는 세관직원에게 한국말로 천천히 또박또박한 목소리로 직원을 진정시키려는 말을 반복해 말했다. 그녀의 한국말은 상당히 유창했다. 그런데 한국 태생인 이의 발음이 아니라는 건 나도 알았다. 하지만 무슨 얘기를 하고 있는지 의미까지는 알 수 없었다.

세관직원이 갑자기 끼어든 여성을 어이없이 쳐다보았다. 방금 전 험악함은 자취를 감추었고 그녀의 말에 고개를 끄덕이기까지 한다. 그녀는 다시 차분하게 몇 마디 한 뒤 빨간 표지의 여권을 직원에게 건넸다.

— 내가 놀란 건 바로 이것 때문이다. 이 사람, 일본인이다!

직원이 여권을 들여다보는 사이 내 귓가에는 조그맣게 일본말이 들렸다.

"걱정 마요. 이런 사람 때문에 울 것 없어요. '짐을 전부 가방에서 꺼내라'고 하는데, 다른 사람들 검사는 적당히 하면서 말이야. 게다가 그쪽이 한국말을 못 알아듣는 걸 알고 못된 말까지 지껄이고 있어. 내가 좀 도와도 괜찮죠?"

"오네가이시마스(부탁합니다)."

나는 의지하고픈 심정에 모기만한 목소리로 대답했다.

대량의 남성용 속옷과 수건. 비누, 칫솔, 치약, 위장약, 비타민, 각종 화장품. 인스턴트커피와 프림 병이 각각 여섯 개. 과일, 초콜릿, 쿠키, 연어·고등어·참치 등 통조림 다수. 테니스 라켓 두 개와 라켓 줄 열 세트, 백화점 포장지에 싼 고급 여성복, Sony 미니카세트가 세 개. 그리고 책 10권.

내 옷이 들어있는 가방의 내용물도 모두 검사대 위에 꺼내놓으라고 했다. 눈매가 사나운 직원은 젊은 직원을 불러 늘어놓은 짐의 수량을 기록하게 했다. 그 사람은 의복과 식품 등에는 관심이 없는 듯 대충 훑어볼 뿐이었다. 그런데 책은 한 권씩 손에 들고 페이지마다 꼼꼼히 살피며 제목을 기록한 다음 책 내용을 그녀에게 묻기 시작했다. 그의 질문에 그녀가 막힘없이 대답한다. 그녀는 내가 갖고 온 책 — 대부분은 이와나미 신서(岩波新書)에서 발간된 책이고, 그밖에 재일조선인이 관련된 사회문제를 다룬 단행본 몇 권과 조선의 고대사에 관한 전문서적 — 을 거의 읽었는지 대략적인 내용은 알고 있는 것 같았다. 나는 다시 눈이 휘둥그레졌다.

짐 검사가 끝났다.

"예, 감사합니다."

그녀가 미소를 지으며 밝은 목소리로 직원에게 말했다. 나도 따라서 "캄사하무니다." 말하고 고개를 숙였다. 그녀가 미소를 띤 채 작은 소리로 말했다.

"어서 가방에 짐을 넣어요. 이럴 땐 내빼는 게 상책이니까."

집에서도 어지간히 고생해서 집어넣은 물건들이다. 그 힘든 작업을 여기서 하려니 제대로 될 리가 없었다. 몇 가지가 가방에 들어가지 못하고 남았다. 욱여넣는 걸 포기하고 그녀와 힘을 합쳐 지퍼를 닫았다.

작은 보스턴백 하나뿐인 그녀의 짐 검사도 나와 마찬가지로 내용물을 전부 꺼내게 했다. 세관직원의 분풀이였겠지만 금방 끝났다. 양손과 등, 목까지 짐을 걸친 나는 '남은 짐을 들어 주겠다'는 그녀의 말에 따랐다.

우리가 출구 쪽으로 걷기 시작했을 때 가시눈매의 직원이 유창한 일본어로 쐐기를 박듯 말했다.

"일본인도 한국말을 알아듣는데, 저래서야 한국인이라 하겠나? 그러니 정식여권도 못 받고 아버지도 도움을 못 받는 거지. 어쨌든, 조심하는 게 좋을 걸. 작년에 광주에서 폭동이 진압된 건 알고 있으려나. 그리 쉽진 않을 걸!"

"엣?…"

내가 뒤를 돌아보려고 하자 그녀가 재빨리 말한다.

"앞을 봐요! 가슴 펴고! 어서 걸어요!"

그녀의 걸음이 빨라졌다. 짐이 많아 빨리 걷지 못하는 나는 순백의 여름스웨터에 출렁이는 검은 머리칼, 균형 잡힌 몸매에 꼭 맞는 청바지를 입은 뒷모습을 쫓았다. 출구의 커다란 철문이 좌우로 열리더니 다시 닫혔다. 그녀가 시야에서 사라졌다. 내 앞에 있던 남자에게 센서가 반응해 다시 철문이 열렸다. 먼저 로비로 나가 있던 그녀가 걱정스레 나를 찾고 있다.

"여기 있어요."

나도 모르게 소리쳤다.

"아아, 아휴! 다시 불려가 또 시달리는 줄 알았잖아."

그렇게 말한 그녀의 눈은 촉촉이 젖어 있었다.

냉방기에서 나오는 서늘한 바람이 이따금 뺨을 어루만진다. 그런데도 드나드는 사람이 많은 도착층 로비엔 한여름 더위가 가차 없이 느껴졌다. 다시 온몸이 땀범벅이 되었다.

"잠깐 쉬지 않을래요?"

몹시 지쳤는지 그녀가 말했다.

우리는 대형냉방기가 윙윙거리는 근처 의자에 앉았다. 그녀는 '휴─우'하고 깊은 숨을 내쉰 다음 팔짱을 끼고 고개를 숙이더니 눈을 감았다. 나는 고맙다는 말을 하고 싶어 그녀가 이쪽을 봐주길 기다렸다. 그런데 그녀는 깊은 생각에 빠진 듯 그럴 기색이 없었다. 하는 수 없이 발밑에 놓인 많은 짐을 쳐다보았다. 짐의 무게를 견디고 있었던 어깨와 허리의 긴장이 조금씩 풀어진다. 집을 나온 후 이 의자에 앉기까지 일어난 일들이 지나갔다. 제일 가까운 역에서 첫차를 타는 나를 홈까지 배웅해 준 어머니가 양손에 든 짐을 건네며 걱정스런 얼굴로 말했다.

"오늘은 혼자 가야 하니까 아무튼 조심해야 돼."

기차가 움직이기 시작했다. 머뭇머뭇 손을 흔드는 어머니가 점점 작아져 간다. 귓가를 파고드는 선로연결 지점을 통과할 때 열차바퀴와 레일이 부딪히는 금속음…… 아니, 다른 소리인가? 내가 깜빡 잠이 든 모양이다. 멀리서 다가오는 낯선 소음 때문에 선잠은 이어지지 않았다.

옆에 있던 그녀도 주위 사람들도 모두 같은 방향을 보았다. 나도 그쪽을 쳐다보고는 흠칫 놀랐다. 군인들이다! 군복을 입고 검은 빛이 감도는 소총을 어깨에 맨 군인들이 보조를 맞춰 이쪽으로 다가온다. 군인들은 군가 같은 노래를 큰소리로 합창하며 우리 앞을 지나갔다. 비행기 이착륙을 알리는 안내방송은 계속해서 흘러나왔다. 그런데 공항 특유의 소란함은 자취를 감추었다. 우리는 서로의 얼굴을 쳐다보았다.

별안간 공항로비에 나타난 군인들로 세관직원이 내뱉은 말의 의미를 똑똑히 알게 되었다. 정신이 아득해지고 지금까지 느껴본 적 없는 공포가 밀려왔다. 나와 똑같은 두려움을 그녀의 눈에서도 느낄 수 있었다. 나는 마음을 추스르기 위해서라도 내 이름을 알려주고 서로 의지가 되고 싶었다.

"한국이름으로 숙녀 할 때 淑에다 玉자를 쓰면 일본에서 흔한 '○○子'나 '○○美'가 되겠네. 민족적인 여운이 느껴져요. 이곳에 있는 친척들은 '숙이' 아니면 '숙아'라고 부르죠?"

먼저 이름을 말한 나에게 그녀가 이렇게 말했다. 여하튼 나는 고마움을 전하고 싶어서 그녀의 두 손을 꼭 잡았다.

"진심으로 감사합니다."

"괜찮아요, 괜찮아."

손을 내저으며 살짝 붉어진 얼굴로 고맙다는 내 말을 자르고 한 그녀의 말에 깜짝 놀랐다.

"난 안양희. 아버지는 열다섯 살 때 제주도에서 일본으로 건너온 재일조선인이고, 어머니는 일본에서 태어난 2세예요. 나도 한국인이죠. 빨간색 표지 여권을 갖고 있는 건 아홉 살 때 부모님과 함께 일본으로 귀화해서 그래요. 한자? '安·良·姬'라고 써요."

"그럼, 저한텐 언니가 되겠네요."

"언니? 으―음, 한국식으로 하면 그렇게 부르는 게 자연스러우려나?"

그 후로 우리는 서로를 '언니'와 '숙이'로 부르기로 하고 '숙아'하고 나를 부르면 '언니'로 답하는 대화가 이어졌다. 그러자 순식간에 서로에게 친밀감이 느껴졌다. 서로가 '자이니치'라는 게 이렇게 편안할 수가. 복잡하게 처지를 설명해야 할 수고가 필요 없었다. 한국에선 일본에 있을 때보다 더 상대가 '자이니치'라서 서로에 대한 친근함이 남다르게 느껴졌다.

평소엔 버스를 타고 서울시내로 들어간다는 언니가 이날 만큼은 나와 함께 택시를 타겠다고 했다. 시내까지는 버스보다 5배는 요금이 비쌌다.

"가방에 안 들어가는 이 짐은 어쩌려고? 종로라면 내가 묵는 하숙집에서 그리 멀지도 않고, 오늘은 하숙집에 도착하기만 하면 되거든. 의지할 사람도 없는 숙이를 여관까지 데려다 주고 싶어. 그 정도의 한국말로는 안심도 안 되고."

언니의 마음을 사양하면 언니가 섭섭해 할 것 같았다. 아니 그보다 이대로 헤어져야 하는 게 더 싫었다.

택시 트렁크에는 특대사이즈 스포츠백과 트렁크 한 개밖에 들어가지 않았다. 그 바람에 조수석이 짐으로 가득 찼다. 그것도 부족해 언니와 내 무릎 위까지 짐을 올려놓았다. 택시는 늘 그렇듯이 서울 시내를 향해 무서운 속도로 질주했다.

"난 스물여섯. 숙이는 몇 살?"

질주하는 차안에서 언니가 쉼 없이 묻는다.

"만으로 열아홉요. 이제 석 달만 지나면 스무 살. 대학교 2학년이에요."

"그렇구나. 아직 십대라니, 부럽네. 난 서울대학교 부설 재외국민교육원에서 국어공부를 하고 있어. 이대로 내년에 서울대학교에 입학할 수 있으면 좋겠는데. 숙이는 한국에 처음이야?"

"아뇨, 다섯 번째."

"다섯 번째? 그런데도…"

언니가 '그런데도…'에서 멈춘 건 '그렇게 한국말이 안 돼서야'라는 뜻이었을 거다.

"혼자서 온 건 처음이에요. 이전까진 아는 분이 같이 와주셔서 저는 따라다니기만 했거든요."

"그런데 아까 그 직원이 있는 카운터로 가라고 했잖아? 널 노리고 있던 게 틀림없어. 여하튼 곱게 보내주지 않겠다는 느낌이었거든. 전에 무슨 문제라도 있었어?"

심장이 철렁 내려앉았다. 나는 화제를 바꾸기 위해 대답은 하지 않고 질문을 던졌다.

"그 직원이 심한 말을 했다고 한 거 무슨 얘기였어요?"

"뭐, 마지막에 한 말이랑 비슷한 거였어. 저렇게 '한국말도 못하는 반푼이'라느니 '그러고도 한국 사람이냐'느니 나중엔 '한국에서 한국말도 모르면 개보다 못하다. 개도 한국말은 알아듣는다'고도. '이년' 같은 욕도 했으니까. 네가 전혀 알아듣지 못하니 그랬을 거야. 놀랐지? 암튼 그놈은 악질이었어."

언니는 다시 부아가 치미는 것 같았다.

"난 일본 여권인데다 입국심사나 통관 때는 일본이름을 쓰니까. 그래서 그런 소린 안 듣지. 비겁하지만 그러는 게 편해. 이 나라는 외국인한테는 까다롭지 않거든. 근데 한국에서 지낼 땐 본명 — 진짜 내 이름은 안양희니까 — 을 말하면 '어째서 일본인 같은 발음이냐'고 묻거나 어쩌다 일본어가 튀어나오면 '여긴 한국이야' 하거나 내가 자이니치라는 걸 알고 나면 갑자기 빠른 한국말로 얘기하거나 말야. 나도 숙이처럼 당하는 걸. 그래서 그냥 보고만 있을 수 없었어. 그런 놈 때문에 자이니치가 한국을 싫어하게 되는 게 싫거든."

"언니가 도와주지 않았다면 어떻게 됐을까….."

"어린 아가씨니까 겁을 주려던 것뿐이야. 겁먹게 하는 걸로 '오케이, 끝' 그런 거였겠지. 여긴 대체로 여자를 얕보는 사회기도 하고. 그래도 한국여자들은 그런 사내들 따위에 절대 지지 않지. 너도 잘 알겠지만 말야. 헌데, 유독 책만은 깐깐하게 확인하던데 왜 그랬을까?"

또 다시 가슴이 철렁했다. 언니는 그걸 눈치 채지 못하고 얘길 계속했다.

"그건 그렇고, 짐이 굉장하네. 역시나 장사하는 건가? 아까 그놈이 '아버지도 도움을 못 받는다'니 어쩌니 하던데 장사일은 아버지가 도맡아 하시는 거야?"

언니는 내가 '보따리 장사'를 한다고 여기는 것 같았다. 한국에서는 아직까지 일본제품에 대한 신뢰와 수요가 있어서 보따리장사를 하는 사람이 많다. 나는 언니의 오해를 그대로 두기로 했다.

"네에, 그게…"

내가 대답을 얼버무린 순간 택시가 한강을 가로지른 대교를 건너기 시작했다. 강 수면에는 기울기 시작한 한여름 햇살이 반사되어 반짝거렸다.

"오, 한강이다! 이 큰 강을 빼곤 서울을 말할 수 없지. 난 말야, 이 다리를 건너기 시작하면 '아아, 서울로 되돌아 왔구나' 싶거든. 그런데 나리타공항에서 스카이라이너(도쿄 우에노 역에서 나리타공항까지 연결된 특급열차)를 타고 아라카와 강을 건널 때도 '도쿄로 돌아왔네' 라고 말하지. '되돌아왔다'와 '돌아왔다'는 미묘하게 차이가 있거든. 내 느낌에 '돌아왔다'는 건 그곳에 가족이 있어서 그런 가봐. 아무리 엉망인 가족이라도…. 서울엔 가족이 없으니까."

언니의 말에 마음이 흔들렸다. 나는 서울에도 가족이 있다. 그걸 언니에게 털어놓고 싶은 충동이 일었다. 하지만 그만두었다. '자이니치' 끼리라도 역시 말할 수 없는 일도 있다. 알게 되면 부담이 될 수도 있으니까. 그 말을 삼키고 언니의 다음 말을 기다렸는데 언니는 갑자기 말이 없어진 채 지긋이 한강을 바라다보았다. 서울로 되돌아온 언니는 나처럼 말하지 못하는 무언가를 골똘히 생각하는 것 같았다.

종로백화점 앞에서 택시에서 내리자 해는 어지간히 기울어 있었다. 하지만 서울의 한여름 해는 길기도 하고 나른하게 더웠다. 언니는 내가 건넨 여관주소 메모를 지나가던 경찰관에게 보여주며 길을 물었다. 그 덕분에 비슷한 건물이 줄지어 있는 복잡한 뒷골목에 자리한 여관까지 헤매지 않고 도착할 수 있었다.

"여기야? 난 이런 데는 처음이야."

오래된 한식여관이라고 하면 듣기엔 그럴싸하지만 일본 같으면 남녀가 혼숙하는 곳이다. 처음 서울에 왔을 땐 시청 앞 로터리에 있는 오성급 플라자호텔에 숙박했다. 그곳과 비교하면 언니가 놀라는 것도 무리가 아닌 초라하고 저속한 곳이었으니 얼마나 큰 격차인가. 이곳을 택한 건 단순히 숙박비가 싸기 때문이었다. 여관아줌마는 다시 찾아온 나를 알아보고 한국말과 서툰 일본어로 몹시 반겨주었다. 나는 일본에서 가져온 과일통조림 세 개를 가방에서 꺼내 건넸다. 아줌마는 괜찮다며 사양한다.

"아니 아니, 드릴 게 이것 밖에 없어서요, 죄송해요."

억지로 떠밀었다. 난처해하는 얼굴에 미소가 번진다. 나는 아줌마 ― 이 아줌마뿐만 아니라 여러 곳에서 만나는 ― 들의 이런 표정이 참 좋다.

"저 아가씨도 함께?" 서툰 일본어로 묻는다.

"아니요. 언니는 하숙집에 있어요. 근데, 잠시만 쉬었다 가게 해주세요. 땀범벅이라 개운하게 샤워만 하고 갈 거예요. 언니, 잠깐 쉬었다 가요. 기내식밖에 안 먹어서 배도 고프잖아. 뭐 좀 시킬 테니까, 언니, 그렇게 해요."

언니는 난감한 표정을 지었다. 그래도 나는 감사의 뜻으로 하다 못해 저녁이라도 대접하려 안간힘을 썼다.

"그렇긴 하네, 땀에 흠뻑 젖어서 기분도 찝찝하고."

"아줌마, 그래도 되죠?"

"그럼, 천천히 쉬었다 가구려."

"감사합니다." 언니가 유창한 한국말로 인사했다.

"어머, 아가씨는 한국말 잘하네."

아줌마가 반갑다는 듯 열쇠를 건네주었다. 좁고 어둑한 복도의 끝에서 두 번째 방문을 열었다.

"이거뿐야?"

내가 처음 그랬던 것처럼 언니도 놀란다. 방 크기는 5평정도 밖에 안 된다. 베개 두 개가 이미 놓여있는 이불이 방바닥을 차지하고 깔려있다. 입구 오른쪽에 반 평쯤 되는 샤워실이 있지만 화장실은 밖에 있는 공동화장실이다. 오래되어서 옻칠이 군데군데 벗겨진 자개무늬의 작은 책상이 있고 벽에는 선풍기가 달려있다. 이것이 방안에 갖춰진 시설의 전부다. 닥트를 통해 약하게 냉방이 되고 있는 게 그나마 다행이었다. 내 짐을 방구석에 쌓아놓고 이불을 반으로 접어 둘이 앉을 공간을 만들었다. 언니에게 먼저 샤워를 하라고 했다. "숙아, 네 차례야." 언니 말에 나도 샤워실로 들어갔다. 씻고 나오자 달큰한 화장품 향에 코를 찌르는 담배냄새가 섞여 들어왔다. 언니는 헐렁한 하와이안 원피스로 갈아입고 한국 아줌마처럼 완벽한 자세로 한쪽 무릎을 세워 벽에 기대고 앉아있다. 눈웃음을 지으며 가늘고 긴 담배 끝을 빨갛게 태워 깊게 연기를 빨아들였다.

"나왔어?"

립스틱을 지워도 윤곽이 선명한 언니의 입술에서 희뿌연 연기가 조금 새어나오더니 곧이어 한꺼번에 뿜어져 나왔다. 담배연기는 돌고 있는 선풍기 바람에 형태를 잃고 흩어졌다. 언니는 내가 지금까지 만난 여성들 — 어머니와 이웃 아줌마, 하야시 선생님과 구원회 언니, 대학 선배, 게다가 한국에서 만났던 아줌마들과는 전혀 다른 종류의 '어른' 같았다. 나보다 여섯 살 많아서가 아니라 어쩐지 다른 세계의 사람, 특별한 사람처럼 느껴졌다.

"왜 그렇게 빤히 쳐다봐. 아줌마 같은 옷이 우스워서? 근데, 잘 어울리지."

"아뇨. 그냥, 그…"

"아, 담배?" 언니는 착각을 한 것 같다.

"넌 안 피워? 그렇구나, 미안. 이거 하나만 피우고 끌게. 한국에선 여자가 담배를 피우면 큰일 날 일이지. 어지간히 곤혹스럽다니까, 나 골초거든. 그래도 여긴 독방처럼 좁고 창문도 작은 방이니까. 참지 뭐."

언니의 말에 다시 가슴이 철렁했다. 나도 모르게 미안하다고 하자 어째서 네가 사과를 하느냐고 담뱃불을 끄며 천정을 향해 활짝 웃었다.

아줌마에게 부탁해 자장면 두 그릇과 '샤워를 하고나니 꼼짝하기 싫다'고 한 언니의 희망대로 캔 맥주 두 개와 진로소주 한 병을 시켜 달라고 했다. 노크소리가 나자 언니가 얼른 일어나 나를 밀어내고는 배달 온 청년에게 돈을 내고 한국말로 몇 마디 나누고서 둘이 큰소리로 웃었다. 청년은 "감사합니다." 하며 붙임성 좋게 인사하고 돌아갔다.

"배달 온 총각, 여자 둘이서 밀어내기 게임을 한다며 당황스러워했어. 이 여관에서 배달시키는 사람은 남녀가 숙박하는 경우 뿐 인가 봐. 여동생과 둘이 일본에서 관광 온 거예요. 이상한 상상하지 말라고 농담을 했더니 깔깔 웃네. 잔돈은 됐다고 하니까 되게 기분 좋아한다."

"내가 사겠다고 했잖아요."

"동생한테 사게 하다니, 여기서는 있을 수 없는 일이야. 술도 시켰고. 자자, 그러지 말고 빨리 먹자."

언니는 젓가락을 양손에 하나씩 들고 자장면 비비는 법을 가르쳐 주었다.

"비빔밥이랑 똑같이 이것도 면이랑 소스를 잘 섞지 않으면 맛이 안 난다니까."

우리는 까만 자장소스에 잘 비벼진 면을 입 안 가득 몰아넣었다. 그리고 동시에 "맛있다." 하고 소리쳤다. 언니는 캔 맥주를 따 꿀꺽 꿀꺽 소리를 내며 상당한 양을 한 번에 마셨다.

"너도 마셔. 대학교 2학년이면 친구들이랑 파티 정도는 해봤을 거 아냐."

언니가 정말 맛나게 마셔서 나도 마시고 싶어졌다. 자장면과 노란 단무지, 춘장에 찍은 양파로 맥주 안주를 대신했다. 태어나 처음으로 쓴 맥주가 맛있다고 느꼈다.

면을 다 먹어치우고 맥주를 비운 언니는 샤워실에서 들고 나온 플라스틱 양치 컵에 소주를 따라 조금씩 마시기 시작했다. 나는 언니보다 먼저 자장면을 배부르게 먹었지만 캔 맥주는 아직 반 이상 남아있었다. 언니가 소주를 따른 컵을 입으로 가져가는 속도에 맞춰 나도 쓴맛만 남은 액체를 조금씩 홀짝였다.

"언제까지 한국에 있어?"

"왕복으로 싸게 산 티켓이라 딱 일주일이에요. 내일, 모레는 서울에서 볼일이 있고, 그 뒤론 대구에 있는 친척집에 가요. 그리고 다시 서울로 와서…."

"바쁘네."

"언니는 아직 한 달 정도는 여름방학이죠. 방학하자마자 여기 온 거 아녜요?"

"연습이 있거든. 가야금이랑 춤 연습. 절대 빠질 수 없어. 그게 내 삶의 지팡이거든."

뽀얀 언니 얼굴에 어슴푸레 홍조가 퍼지기 시작했다. 물끄러미 나를 보는 검은 눈망울이 촉촉이 젖어있다. 취기가 도는 것 같았다. 투명한 작은 병에 든 소주는 절반으로 줄어있었다. '가야금과 춤이 삶의 지팡이'라니? 언니가 한 말의 의미를 이해할 수 없었다. 나도 조금은 취기가 돌았다.

"숙아, 넌 일본에서 어떤 이름을 써? 넌 이 나라가 좋아?"

언니의 긴 이야기는 분명 이런 말로 시작했다.

"자이니치가 하는 한국말은 아무리 노력해도 일본어 발음이 묻어나거든. 아직 한국말을 듣는 것도 말하는 것도 거의 안 될 때 가야금을 배우기 시작하고 민요를 배웠어. 내가 가야금 줄을 뜯고 튕기는 소리에 일본이 묻어나올까 그게 걱정이었어. 하지만 내 가야금 소리는 모국의 소리라고 믿기로 했지. 열심히 연습해서 가야금 소리에 깊이가 생기고 어느 정도는 민요를 부를 수 있게 되자 그게 내 당당함이자 지팡이가 됐거든."

그렇구나, 그게 지팡이였구나. 언니는 나에게 말하면서 실은 자신에게 얘기하고 있는 것 같았다. 나는 그때부터 언니의 이야기에 그저 고개를 끄덕일 뿐이었다. 하지만 언니가 착잡해 하는 심정은 내 안에도 있었다. 그래서 점점 더 언니의 이야기에 빨려 들어갔다.

"귀화했다고 해서 동포가 아닌 건 아니잖아! 그럼에도 독재타도를 외치며 통일을 부르짖는 한국계 재일학생조직은 어떤 의미에서 나를 내쫓았어."

잠긴 목소리로 언니가 이렇게 말했을 때 아직 아물지 않고 피가 나는 마음의 상처가 보이는 것 같았다. 그런데 언니의 마지막 말이 나를 몹시 불안하게 만들었다. 그때 문을 두드리는 소리가 났다. "예—" 대답을 하고 나가보니 아줌마가 걱정스런 얼굴로 말했다.

"통금시간이 다 됐는데."

통금시간이란 단어는 나도 안다. 한국과 일본의 일상적 차이를 가장 실감하게 하는 단어다. 손목시계를 보았다. 어느새 시간이 이렇게 되었나 싶어 언니에게 물었다.

"언니, 야간 통행금지시간이 다 됐어요. 오늘 밤은 그냥 자고 갈래요?"

"안 돼, 안 돼. 하숙집 아줌마한테 오늘 간다고 연락한데다 내일도 오전부터 연습이 있으니까 가야지."

옷을 갈아입고 가방을 든 언니가 연락처를 적은 메모를 건넸다.

"숙아, 일본으로 돌아가기 전에 꼭 다시 한 번 만나자. 연락 줘."

언니는 공항에서 보았던 씩씩한 모습이 되어 서둘러 여관을 나갔다.

불을 끄고 얇은 이불 속에 누웠다. 조금 전 야간통행금지 시각을 알리는 사이렌이 울렸으니까 이제 날짜가 바뀌었다. 언니는 무사히 하숙집에 도착했을까. 아까 들었던 언니의 말이 떠올랐다.

'내가 처음 한국에 왔을 때는 광주사건이 한창이었어. 그런데 서

울은 평온했지. 조국에서 첫날밤은 마음이 들떠 잠을 이룰 수 없었
어. 아침이 아름다운 내 나라의 새벽은 광주사건과는 아무 상관도
없는 물건 파는 아줌마의 하루를 여는 목소리로 시작했거든.'

조금 전 언니가 한 말이 파도처럼 밀려왔다 밀려갔다. 학생조직
을 그만 둔 언니가 방황 끝에 다다른 광주사건이 한창이던 서울은
정말 고요한 아침을 맞고 있었을까.

나는 언니가 한국 땅을 밟기 한 달 전 서울에 있었다. 서대문에
있는 서울구치소에서 사형확정수로 수감되어 있는 아버지를 만나
기 위해서였다. 계절뿐만 아니라 정치적으로도 봄을 맞고 있던 서
울시내는 소란스러운 분위기가 곳곳에서 느껴졌다. '북의 간첩' 이
라는 혐의로 체포된 이후 6년 만에 만난 아버지는 고통스러운 수
감생활 탓에 머리가 하얗게 세어있었다. 치열이 가지런했던 입가
에는 금니가 반짝였고 치아 사이가 벌어져 틈새 투성이었다. 아버
지는 검은 뿔테 안경을 쓰고 있었다. 아버지인데 아버지가 아닌 것
같았다. 내 기억 속에 있는 깔끔하고 세련된 아버지가 아니었다.

"숙아, 정말 숙이 맞는 거냐. 이렇게 훌쩍 크다니…."

아버지는 자기가 기억하는 집 주소와 전화번호가 정확한지 물었
다. 그 다음 어머니와 나, 동생들의 이름과 생년월일을 외워보았다.
내가 고개를 끄덕일 때마다 아버지의 표정에서 불안의 그림자가
사라져갔다. 확인할 방법이 없었던 꿈만 같았던 가족들과의 기억
을 자신의 기억 속에 새겨가는 아버지의 모습에서 나는 한없이 좋
아했던 아버지를 되찾기 시작했다. 그러는 사이에 하염없이 눈물
이 쏟아졌다.

첫 면회를 하고 서울에서 일본으로 돌아와 대학에 입학한 나는 기숙사생활을 시작했다. 어머니는 이 대학에 진학하는 걸 반대했다. 가게와 동생들의 뒷바라지, 구원운동의 부담 등을 이유로 재수를 해도 좋으니 집에서 다닐 수 있는 대학에 들어가라고 고집했다. 하지만 재일한국인정치범 구원운동을 함께하는 고교 은사 하야시 선생님이 어머니를 설득해주었다.

"중학교 1학년부터 지금까지 고생했으니까 조금은 자기 뜻을 펼칠 수 있게 해주시죠. 괜찮을 거예요, 자기가 해야 될 일은 무슨 일이 있어도 할 겁니다. 제가 보증합니다."

아버지와 면회가 가능했던 것도 '서울의 봄'이라 부른 한국의 민주화 움직임과 관계가 없지 않았다. 우여곡절은 있겠지만 독재시절로 되돌아가는 일은 없지 않겠냐며 구원운동 관계자들 사이에 신중론보다 낙관론이 우세해졌다. 일본의 언론은 연일 서울에서 벌어지는 민주화를 요구하는 학생들의 대규모 시위를 보도했다.

기숙사 생활은 즐거웠다. 마음이 들떠 있었는지도 모른다. 같은 방 쿠메코와 같은 층에 있는 료코짱, 바에짱, 사사키 군 같은 동급생들과 마음이 잘 통해 친해졌다. 서로 거리낌이 없어진 5월 중순이었다. 처음으로 다 같이 모여 파티를 했다. 술을 마시는 법을 몰랐으니 다들 몹시 취했다. 료코짱이 속이 좋지 않다며 화장실에 들어가 비틀거리다 붙잡은 파이프가 빠져서 화장실이 물바다가 되는 소동이 벌어졌다. 모두 취해 있었으니 달리 방법도 없었다. 사감선생이 달려와 소란은 더욱 커졌다. — 여기까지는 기억하는데 정신을 차린 건 다음날 점심 무렵이었다. 쿠메코가 "숙이짱, 전화야. 널 부르는 방송이 나오고 있어."하며 나를 깨웠다. 숙취 때문에 머리가 어질어질한 채로 사감실로 달려가 보니 어머니한테 온 전화였다.

"군인들이 쿠데타를 일으켰어! 넌 뉴스도 신문도 안 보는 거냐! 광주에선 군인과 학생들이 충돌해 죽은 사람이 엄청나대. 계엄사령부가 그 사건을 '빨갱이들의 폭동'으로 몰고 있다고 하니 아버지처럼 '북의 간첩' 취급을 당하는 사형수는 처형될지도 몰라. 아무튼 빨리 집으로 와!"

언니의 얼굴과 어머니의 얼굴이 겹쳐지더니 하나가 되었다. 그얼굴이 다시 둘이 되었다가 겹쳐지더니 멀어진다. 어머니가 다급하고 비통한 목소리로 '서울은 평온했대.' 라고 소리쳤고, 언니는 '아버지 목숨이 위태로워. 아무튼 빨리 집으로 와!' 라고 담담히 말한다. 대체 이게 어떻게 된 거지? 두 사람을 뒤쫓아 뛰기 시작한 나는 캄캄한 어둠속에 갇힌 채 허공에 묶여 매달려 있었다. 살려줘! 아버지를 살려줘! 상하좌우도 가늠이 안 되는 공간에서 한참을 버둥거리다가 문득 모든 걸 포기하고 싶어졌다. 나는 '더 이상 고집부리지 않을 거야.' 라고 누군가에게 말했다. 갑자기 고통스러움이 사라져 편안해졌고 꿈에서 깨어났다.

언니가 놀랐던 많은 짐과 책은 아버지에게 넣어 줄 차입품들이다. 아버지 사건과 관련되어 두 작은아버지도 징역 15년과 8년의 중형이 확정되었다. 한 집안에 세 명이나 '빨갱이' 범죄자를 끌어안게 된 할아버지와 친척들의 고생은 일본에 있는 우리들과는 또 다른 엄혹함이 있었다. 그건 지금까지 네 차례의 면회와 친척들을 만나면서 뼈저리게 느꼈다. 그러니 친척들에게 보낼 선물은 일본제품으로 좋은 걸 드려야한다며 어머니는 세세하게 신경을 썼다. 하지만 차입물품은 일본보다도 한국에서 상당히 싸게 살 수 있는 것들이었다. 그런데도 아버지는 일본제품을 고집했고 어머니도 아버지 뜻에 동의했다. '품질이 좋다'는 게 이유다. 하지만 나는 그 말에서 자이니치스럽다고 할까 한국에 대한 일본적인 우월감 같은 고리타분함이 느껴졌다. 가족이 면회를 올 수 없기 때문에 차입품도 받지 못하는 '남파공작원'과 좌익사범에게 아버지가 차입물품을 나눠주고 있는 것 같았고 들여보낸 책도 돌려서 읽는다고 면회 때 넌지시 얘기해주었다. 거기에 일본제를 고집하는 마음의 단편이 있을지도 모른다. 하지만 무거운 짐을 들고 가야 하는 나는 세 번째 면회를 가기 전에 차입품의 현지조달을 고집스레 주장했다. 처음엔 말없이 내 얘길 들었고 두 번째는 내 비위를 맞추었던 어머니가 결국 더는 참지 못하고 울화통을 터트리고 말았다.

"안 좋은 걸 뻔히 알면서 넣어줄 수는 없어! 어머니를 창피하게 만들 셈이야!"

오히려 호되게 꾸중을 듣고 말았다. 아버지의 '간첩활동' 조력자로 지목된 어머니는 재판에도 이름이 오르내렸다. 가고 싶어도 면회를 갈 수 없는 안타까움. 그러니까 더더욱 '좋은 물건'을 감옥 안에 넣어줘야 된다고 마음먹은 것이다.

차입물품을 대형 스포츠백에 꾸려서 여관을 나왔다. 종로 앞 길거리 포장마차에서 김밥과 어묵으로 아침을 해결했다. 오늘도 구름 한 점 없이 쾌청한 여름하늘이다. 벌써부터 아스팔트가 열기를 뿜어내기 시작했다.

택시를 잡아타고 "독립문 부탁드립니다." 하고 행선지를 말했다.

서대문 서울구치소가 아니라 인근 '독립문까지 부탁합니다.' 라고.

"언니, 지금 독립문까지 올 수 있어요?"

오후 중 가장 더운 시간이었다. 나는 1시간 간격으로 전화를 걸어 세 번째 만에 간신히 연결된 수화기에 대고 애서 침착하게 말했다고 생각했다.

"숙이, 무슨 일 있어? 목소리가 이상해. 울었어?"

독립문이 만든 그늘에 서서 사직로와 의주로가 교차하는 곳에 시선을 고정시켰다. '바로 갈게'라 했으니까 언니는 분명 택시로 올 것이다. 대로를 바라다보며 무슨 얘기부터 어떻게 말할까 고민했다. 언니를 끌어들이고 마는 것이 마음에 걸린다. 하지만 지금은 이것 밖에 방법이 없다고 흔들리는 마음을 다잡으려 했다. 이 순간, 서울에서 의지할 사람이 언니밖에 없었다. 언니는 어른이니까 지혜를 줄지도 모른다. 하지만 언니는 정치얘기라면 진저리를 쳤다….

교차로 바로 앞 아스팔트 위로 아지랑이가 아른거린다. 그 너머로 자동차가 쉼 없이 오간다. 약간 먼 곳으로 시선을 향하자 검은 신기루가 보였다. 어릴 때 아직은 교통량이 많지 않았던 국도 6호선에서 열심히 자전거 페달을 밟으며 신기루를 쫓았던 적이 있다. 분명히 젖어있는 도로가 어째서 눈 깜짝 할 사이에 말라버리는지 신기하기만 했다. 신기루와 아버지가 겹쳐진다. 조금만 걸어가면 닿을 곳에 있는 아버지를 만날 수 없다. 신기루 같은 아버지….

교차로에 택시가 멈췄다. 사람이 내린다. 언니가 아니다. 벌써 몇 대째일까. 또 한 대가 섰다. 젊은 여성이다, 그런데 아기를 안고 있다.

"숙이!"

한참 떨어진 등 뒤쪽에서 소리가 들렸다. 돌아보니 언니가 잰걸음으로 이쪽을 향해 온다.

"언니―"

언니를 부르자마자 눈물이 나서 시야가 일그러졌다.

"정체가 심해서 성산로에서 내려서 뛰어왔어."

언니 목소리가 굉장히 멀리서 들렸었는데 어느새 언니가 내 두 손을 꼭 잡고 있다.

언니가 이끄는 대로 커다란 스포츠백을 들고 가까운 공원으로 들어갔다. 나무그늘이 있는 벤치에는 흰 한복과 단추를 푼 셔츠차림의 할아버지들이 앉아 장기를 두거나 큰 소리로 이야기를 하고 있었다. "빈자리가 하나도 없네." 라고 중얼거린 언니가 "아, 저기." 하며 해가 든 벤치를 가리켰다.

나는 아버지의 일을 털어놓았다. 짐이 많았던 까닭과 공항직원의 괴롭힘은 아버지의 사건과 연관이 있는 것 같다고도 했다. 첫 면회는 광주사태가 벌어지기 전이어서 구치소의 대응도 느슨했었는데, 쿠데타를 일으킨 지금의 대통령이 권력을 장악하는 과정이라 점점 상황이 힘들어진다는 얘기도 했다.

"작년여름 김대중 씨가 군사법정에서 재판을 받고 있을 때 아버지를 포함한 자이니치 사형수 다섯 명의 재심청구도 기각됐어요."

나는 아버지가 언제 처형당할지 모르는 상황에서 8·15광복절과 크리스마스, 3·1절에 맞춰 특사를 기대하고 서울에 와 있던 일을 언니에게 말했다.

"하지만 이번엔 유독 심해요. 면회를 신청하는 서류조차 쓰지 못하게 하는 걸요. 전에는 여권을 보여주면 대신 써주거나 일본어를 조금 아는 직원이 쓰는 방법을 가르쳐주고 접수해 줬는데. 오늘은 공항에서처럼 한국말로만 계속하고 내 말을 들으려고도 안 해요. 나처럼 면회를 온 아주머니가 내가 딱했는지 도와주려고 하니까 험악하게 아줌마를 내쳤어요. 그래서 어쩔 도리가 없어서 아버지 재판 때 변호해준 변호사님께 전화했는데…."

"어떻게 됐어? 연락이 안 됐어? 말이 안 통했던 거야?"

"아뇨, 변호사님은 일본어를 할 수 있어서 괜찮아요. 연락도 되었고…. 그런데 변호사님이 자격을 박탈당해서 자기가 도와주면 역효과가 날지도 모른다고…."

"최근에 그랬대? 3·1절 때는 괜찮았나 보구나."

"물론 대구에 있는 고모한테도 여러 번 전화했는데 집에 안 계시는지 연락이 안 돼요…. 어떻게 해야 될지 모르겠고… 언니밖에 떠오르지 않아서요……"

시선을 떨구자 청바지와 맨발로 신은 스니커즈 사이로 언니의 희고 가는 발목이 보였다.

"오늘 면회를 못해도 괜찮아요. 차입품 서류를 작성만 할 수 있으면 내가 면회 온 걸 아버지가 알 수 있을지 몰라요. 면회신청이 있으면 구치소 측에서 감옥에 있는 이에게 확인하니까. 언니가 같이 가주면 좋겠어요!"

놀라는 기색이 느껴져 언니를 쳐다보니 괴로운 듯 고개를 숙이고 있었다. 한참동안 땅만 바라보았다. 어느새 나무그늘이 길어져 벤치가 나무그늘 속에 들어와 있었다. 언니의 말을 놓치지 않으려는 내 귓가에 들려오는 건 사방에서 울어대는 매미소리였다.

"미안, 같이 들어가지 못하겠어."

언니는 공원벤치에서 긴 침묵 끝에 잠긴 목소리로 이렇게 말했다. 설마 했던 마음과 어쩔 수 없다는 마음은 어느 쪽이 더 크다 할 것도 없이 파도가 바위에 부딪혀 사라지듯 털썩 내 마음속에 가라앉았다. 언니가 한 결정에 아무런 위화감도 없었다. 군사정권인 한국에서 재일유학생으로 생활을 계속하려면 그래야 되는 것이라고.

독립문 앞 교차로에서 언니와 택시를 타고 종로백화점 앞에서 내가 먼저 내렸다. 더 가야 하는 언니가 미안하다는 표정을 짓는다.

"괜찮아요, 대구랑 연락이 되면 어떻게든 될 거니까."

내가 아무렇지 않은 듯 이렇게 말하자 이번엔 울 것 같은 표정이다. 언니에게 연락한 걸 몹시 후회했다.

"일본으로 돌아가기 전에 꼭 연락할게요."

이렇게 말하고 택시기사에게 "아저씨 가세요." 라고 했다. 차가 움직이려고 하자 언니는 "서울엔 나홀 후?" 라고 물어 "네" 라고 대답했다. 하지만 이땐 아직 대구와 연락이 안 되고 있어서 커다란 짐을 끌어안은 채 몹시 불안했다. 그래도 언니에 대한 마음은 무척 편안해져 있었다.

혼자서 여관으로 돌아온 후 서울에 올 때 가져온 짐을 다시 정리했다. 짐 정리가 일단락되자 뭔가 먹고 싶어졌다. 이래저래 번거로운 일들이 생길 것 같은 내일 면회엔 가져가지 않기로 마음먹은 고등어 된장조림 통조림을 가방에서 꺼냈다. 그런데 깡통따개가 없었다. 여관아줌마에게 빌리러 갈까도 생각했는데 벌써 자정이 넘은 시각인 걸 확인하고 그만두었다. 분명 저녁을 대신해 뭔가 먹었는데 떠오르지 않는다. 어디서 뭘 먹었던 걸까?

언니와 헤어진 후 종로백화점 공중전화로 간신히 대구 고모와 연락이 되었다. 1시간 후에 다시 전화하라는 말을 듣고 여관으로 돌아오는 길에 포장마차에서 떡볶이를 사 먹었다. 아, 그게 전부였구나. 내일 아침을 생각해 빵이라도 사두었으면 좋았을 텐데. 어떤 상황에서든 어김없이 배는 고파왔다. 아줌마가 아직 안 주무시면 깡통 따개를 빌려오자.

일어나서 나가려는데 나직하고 작은 노크소리가 났다. 야간 통행금지 시작을 알리는 사이렌이 멀리서 들려왔다. 이런 시간에 누굴까? 혹시 국가안전기획부이거나 국군보안사령부 요원? 그들은 통금시간대에 찾아온다. 그러면 사람들 모르게 연행할 수 있기 때문이라고 올봄에 석방된 자이니치 정치범이었던 오빠가 그랬다. 대구에 있는 집전화는 잡음이 너무 심해서 도청당하는 것 같다고 고모가 말했었다. 소름이 돋고 등줄기에 한기가 들었다. 다시 노크소리. 이번엔 좀 더 크다. 손잡이를 쳐다보았다. 제발 움직이지 마라…

"숙아, 벌써 자는 거야?"

언니의 목소리가 나직이 들려왔다.

어제와 거의 같은 시각. 오늘은 언니와 둘이서 독립문이 만든 그늘에 서서 첫 새마을호 열차로 대구에서 올라오는 할아버지와 고모를 기다리고 있다. 언니는 이제 괜찮다고 하는 내 말을 듣지 않고 가야금 선생님에게 연습을 쉬겠다고 연락하고 말았다.

언니는 차입품을 들고 가는 거라도 돕고 싶다고 했지만 실은 면회할 때 같이 있고 싶은 것 같았다.

한밤중에 여관방으로 찾아온 언니는 "재워줄래." 라고만 했다. 언니에게서 술과 담배냄새가 심하게 났다. 불을 끄고 자리에 누웠다. 언니는 어둠속에서 곤혹스러워 하는 나를 그대로 두고 도망치려고 한 자신을 용서할 수 없었다고 했다. 그리고 일본국적이라 별일 없을 거라는 말도. 하지만 일본국적이니 어쩌니 하는 건 그냥 하는 말이고 진심은 그게 아닌 게 분명하다. 한동안 말이 없던 언니가 천천히 입을 열었다.

"나는 줄곧 고집통이처럼 굴었어. 일본에 있을 때도 한국에 와서도. 재일학생조직에 있을 때도 조직을 나와서도. 고분고분한 인간은 되지 않겠다고, 그렇게 살아왔어. 그런데 도망치고 말았어. 눈앞에서 시위 중이던 학생이 연행되는 걸 봤어. 재일유학생이 정보부에 끌려가 있다는 것도 알았어. 그래서 도망쳤어. 근데 그러면 내가 아닌 거야. 고집통이로 살고 싶어. 일본에서 태어났어도 계속해서 조선인으로 산다는 건 분명 여러 면에서 끊임없이 고집통이가 되어야 하는 일이야."

독립문 교차로에서 바뀌는 신호에 맞춰 많은 차들이 일제히 멈추고 다시 달린다. 차가 움직이기 시작함과 동시에 어젯밤 언니가 한 말이 머릿속을 맴돌았다. 그리고 차가 멈춰서면 언니의 말이 가슴속에 무겁게 가라앉았다. 자동차의 움직임과 기억의 반추가 보조를 맞추고 있는 걸 깨닫고 피식 웃음이 났다.

"뭐가 우스워?"

언니가 묻는다.

"아무것도 아녜요."

내 대답에 뭔가 떠올리면서 웃으면 몹시 신경 쓰인다며 언니가 다시 캐묻는다. 그때 "숙아—"하고 나를 부르는 낯익은 목소리가 들렸다. 흰 블라우스에 긴 치마를 입고 양산을 쓴 고모가 이쪽으로 오고 계셨다. 옆에는 하얀 한복에 모자를 쓰고 등을 곧게 편 큰 키의 할아버지가 보였다.

"할아버지! 고모!"

나는 해가 난 자리로 뛰어갔다.

두 분을 그늘로 모셔와 거기서 기다리고 있던 언니를 소개했다. 고모는 일본말을 모른다. 하지만 나와는 거의 완벽하게 의사소통이 가능했다. 나는 알고 있는 한국말을 총동원해 손짓발짓을 섞어 이야기한다. 고모는 서울말과는 확연히 다른 대구사투리로 가능한 쉬운 한국말을 골라 나처럼 손짓발짓으로 얘기한다. 그걸로 충분하다. 내 이야기를 들은 고모가 언니의 손을 잡고 여러 번 "고맙다, 고마워." 라고 말하자 언니는 한국말로 답하며 몸 둘 바를 몰라 했다.

언니는 할아버지와 한국말로 진지하게 얘기하기 시작했다. '면회'라든가 '같이' 라는 나도 알아듣는 단어가 섞여 있었다. 이야기를 끝낸 언니가 할아버지를 쳐다보았다.

"그만 두시게."

할아버지는 일본어로 천천히 침착하게 말씀하셨다.

"마음은 고맙지만, 아가씨가 생각지도 못한 피해를 당할지도 몰라. 큰아들, 알다시피 숙이 애비 사건 때문에 둘째도 셋째도 체포되었네. 난 해방 전에 일본에서 토건업을 하다 이 땅으로 돌아온 사람이라 한국전쟁도 겪었지. 난리에도 목숨을 부지해 지금은 농사를 지으며 살고 있어. 복잡한 일들은 잘 모르겠네. 하지만 분명한 건 셋째 아들 사건은 완전히 날조라는 거야. 큰 애와 셋째가 실제로 무슨 일을 했는지는 모르지만 뭔가 생각은 있었을 게야. 하지만 셋째 아들은 군대에 가서 장교까지 한 녀석이네. 그런데도 붙잡혔어. 게다가 지금이 어떤 시절인가. 이전 대통령도 나빴지만 지금 대통령이 훨씬 더 나빠. 아가씨, 아들 셋이 죄다 감옥에 갇혀있는 늙은이의 말을 듣게나. 자, 어서 빨리 돌아가시게.”

온화한 말투였다. 하지만 옳고 그름을 따질 수 없는 강한 의지가 느껴졌다. 언니는 뭔가 말하려다 고개를 숙이고 입술을 깨물었다. 그리고 얼굴을 들었다.

“예, 알겠습니다.”

언니가 할아버지에게 깊이 고개 숙여 인사했다.

“숙이, 난 갈게. 내가 명확히 알아듣도록 일본어로 해주신 할아버지 말씀은 직접 느끼신 고통에서 나오는 나를 염려하시는 말씀이셨어. 더는 고집을 부릴 수가 없네. 일본으로 돌아가기 전에 꼭 연락해.”

언니는 다시 한 번 할아버지에게 인사를 했다. 그리고 고모와 내 손을 차례로 잡으며 작별인사를 하고 빠른 걸음으로 오후 햇살 속으로 걸어갔다.

어제 내게 고약하게 굴었던 교도관이 나를 보자마자 비웃음을 지었다. 그래도 할아버지와 고모에게는 딱히 별말을 안 한 것 같았다. 면회신청서와 차입품 접수서류는 고모가 써서 제출했다. 호출을 기다리려고 대기실로 가려는데 곧바로 할아버지의 이름을 불렀다. 너무 빠른 호출에 갑자기 긴장이 되었다. 고모는 어제 내가 왔다 간 걸 알고 미리 준비하고 있던 것 아니냐며 의아해 했다. 교도관 두 명이 와서 붉은 벽돌담 정문과 마주보고 서있는 건물로 우리를 데려갔다. 안내를 받고 들어간 교무과장실엔 지위가 높아 보이는 교도관 두 명이 기다리고 있었다.

교무과장과 보안과장이라고 소개한 교도관은 처음 보는 사람이었다. 최근에 인사이동이 있었던 것 같다. 교무과장이 할아버지와 고모에게 장황하게 설교하듯 한참을 얘기했다. 도중에 여러 번 '전향'이라는 말이 들렸다. '전향'에 대해 열심히 말했다. 보안과장은 '면회'를 들먹이며 얘기했다. 할아버지의 표정은 꿈쩍도 하지 않는다. 그런데 고모는 과장의 말에 일일이 고개를 끄덕이며 "예, 예" 공손하기만 하다. 면회조건으로 아버지에게 전향을 권유하라고 회유하는 것 같았다.

— 무죄인 자가 '전향'한다는 건 날조를 인정하는 셈이 된다. 아니, 그 이전에 공산주의자가 아닌 아버지가 '전향'한다는 게 있을 수 있는 일인가. 게다가 아버지 혼자만의 문제가 아니다. 세 번째 면회 때 아버지는 기록계의 눈치를 살피며 전향을 강요한다는 말을 내게 속삭였다.

교무과장이 할아버지에게 '전향'을 들먹이며 단단히 주의를 준 모양이다. 할아버지는 처음 표정 그대로 짧게 '네'하고 대답했다. 교무과장실 구석에 있던 교도관에게 보안과장이 뭔가 지시했다. 그것과 동시에 할아버지가 자리에서 일어나 방을 나갔기에 우리도 따라갔다. 통로 안쪽으로 감방이 줄지어 있다. 감방 쪽과 통로구역을 가르는 곳에 안쪽과 바깥쪽을 지키는 교도관 4명이 보였고 자물쇠가 달린 문 앞에 보안과장실이 있었다. 그쪽으로 간다는 건 이전에 특별면회를 한 적이 있는 보안과장실에서 아버지가 기다리고 있을지도 모른다는 뜻이다. 할아버지와 고모가 교도관에게 주의사항을 듣고 있었다.

나는 빠른 걸음으로 혼자 앞서 나갔다. 교도관이 "야—" 하고 소리쳤다.

알아. '돌아와!' 그 소리겠지. 고집퉁이 언니의 얼굴이 떠올랐다.

"야— 야— 야—"

교도관의 발소리가 점점 다가왔다.

알아, 안다고.

나는 "미안합니다, 고맙습니다."를 연발하며 앞으로 나아갔다.

"숙아— 돌아온나!"

금방이라도 울 것 같은 고모의 목소리가 들렸다.

안다구요. 그렇지만, 안 돌아가.

나는 아버지에게 "아버지, 전향 하지 마요!" 라고 소리치려 보안과장실로 뛰어갔다.

특별면회(1)

희미하게 들려오던 소리들이 점점 커졌다. '뚱보 간수'의 군홧발 소린가? 그 사람이 특별면회를 하는 교무과장실로 들어오면 나는 아버지를 보내드려야만 한다.

"다음은 언제 올 수 있니."

아버지가 물었다.

"새 학기도 시작하고 수업도 있어서…. 그치만 가능한 빨리 오도록 할게요."

"그렇구나…."

몹시 어둡고 가라앉은 목소리. 평소 같으면 "무리하지 않아도 돼." 라고 했을 아버지인데 뭔가 이상해서 표정을 살피려고 했다. 하지만 캄캄한 어둠뿐이어서 아무것도 보이지 않는다. 나는 서있는 걸까, 누워있는 걸까. 안팎조차 구분이 안 될 만큼 검질기게 엉겨 붙는 어둠. 눈을 감고 있었나? 있는 힘껏 의식을 집중해 눈 꼬리가 찢어질 정도로 크게 뜨고 사람의 형상을 찾았다.

"아버지, 어딨어?" 라고 소리치자마자 짙은 어둠 때문에 무게가 더해진 냉기가 내 얼굴을 잠시 스치고 지나갔다.

꿈이었구나….

머리 위로 커튼이 쳐진 창문 밖, 거리의 숨결을 살폈다. 아무것도 움직이는 기척이 없다. 거리는 아직 잠들어 있다. 아침은 아직 먼 것 같았다. 이번엔 발밑에 있는 문 쪽으로 신경을 이동시켰다. 방문 너머 부엌에서는 강하고 또렷한 인기척과 해가 뜨기 전 고요함 따위 아랑곳없는 의지적인 소음들이 들려온다. 어머니가 어느새 일어나 채비를 하고 있다.

　오늘은 섣달 그믐날. 설 준비를 하루 만에 끝내야 한다. 어머니의 머릿속은 해야 할 일들로 뒤덮여 폭발직전일 것이 틀림없다. 해마다 치러온 전쟁터 같은 어수선함. 부엌칼을 쥐고 도마에 밀착해 끊임없이 재료를 썬다. 큰솥에 채소를 데치고 닭을 통째로 넣은 육수는 끓어 넘치지 않도록 주의를 기울이며 계속해서 거품을 걷어낸다. 뼈가 붙어있는 갈비찜을 만들고 전기프라이팬 앞에 죽치고 앉아 전과 지짐을 부쳐낸다. 뜨거운 수증기와 밀가루와 참기름 냄새로 가득한 하루.

　개수대 위에 있는 수납장에서 오늘 대활약을 하게 될 큰솥이 바닥에 굴러 떨어지는 요란한 소리가 났다. 일부러 그런 건 아니겠지만 빨리 일어나라고 재촉하는 신호다.

　하지만 나는 이불속에서 나가지 않았다. 머지않아 어머니가 조급한 목소리로 깨우러 올 테니까. 그때까진 이대로 푸근한 이불속에서 평소와는 달랐던 이번 한국행 — 서울에서 정치범가족의 단식투쟁에 합류했던 일과 대구교도소에서 아버지와 긴장 속에 나눈 대화 — 을 반추하며 확실히 정리해두고 싶었다.

　일본과는 비교가 안 될 정도로 꽁꽁 얼어붙은 한국에서 돌아온 지 오늘로 겨우 나흘째. 그런데도 딸과 아들을 감옥에 둔 민주화실천가족운동협의회(민가협)의 아주머니와 아저씨, 대구에 계신 고모와 할아버지, 거기다 아버지의 표정조차도 내 일상에 부대끼다 보니 윤곽이 희미해지고 말았다. 아버지의 표정이 어둠에 지워져버린 건 내가 느슨해지기 시작한 탓일까….

크리스마스 특사를 기대하고 한국으로 가기 전날 밤, 나는 두부를 들고 대구교도소 정문으로 아버지가 나오길 초조하게 기다리는 꿈을 꾸었다. 지금까지도 몇 번인가 그런 꿈을 꾸었는데 아버지 입에 두부를 넣으려고 기다리던 묘하고 생생한 꿈은 처음이었다. 꿈 얘길 어머니에게 하자 웃으며 이렇게 말했다.

"너, 교도소에서 나온 사람한테 두부를 먹게 하는 이유 알아?"

"잘은 모르지만, 두 번 다시 감옥생활을 하지 말라는 주술 같은 거 아냐?"

"주술이 아니라 소소한 의미가 있어. 한국에서는 감옥생활을 '콩밥을 먹는다'고 말한대. 그런데 두부는 콩을 갈아 만들잖아. 그렇다면 두부는 두 번 다시 콩으로 돌아갈 수 없어. 그러니까 감옥생활을 되풀이 하지 않는다는 의미가 되는 거지."

"호오, 그런 뜻이라니."

"그렇게 되면 좋겠다. 너, 꿈 얘기 아무한테도 말하면 안 된다, 길몽이 흉몽이 될 수도 있으니까."

까닭 없이 그런 꿈을 꾼 게 아니었다. 한국으로 출발하기 얼마 전, 여당인 민정당 총재이기도 한 노태우 대통령과 야당인 평민당 김대중 총재, 민주당 김영삼 총재, 공화당 총재인 김종필 씨가 회담을 갖고 '전향한 장기복역수, 노약한 장기복역수는 가능한 다수를 연말을 기해 특사에 포함시키자'고 합의했기 때문이다. 아버지의 구원집회에서 열린 정세관련 강연에서 소수여당이 '보수대연합'을 꾀하는 것 같다고 지적했다. 구원회 사람 얘기로는 재일한국인 정치범 석방은 '민주화'를 한국 내뿐만 아니라 일본여론에도 어필할 수 있다는 계산이 들어있다고 했다. 어떤 사람은 대통령이 합의했기 때문에 이번에야말로 확실하다고 했다. 또 다른 사람은 지나친 기대는 하지 말라고 훈계하기도 했다.

다른 사람에게 꿈 얘기를 하지 말라며 웃었던 어머니가 갑자기 표정이 굳으며 말했다.

"아버지가 붙잡힌 뒤에 '잠자코 있으면 곧 풀려난다'는 정보부 사람 말만 듣고 그대로 따랐어. 그 얘길 믿고 기대했지. 그 후에도 이런저런 소리를 했지만 죄다 거짓이었고 '북의 간첩'으로 사형판결을 받은 후 지금까지 갇혀있는 처지이니. 난 괜한 기대는 안 한다. 그래도 말이다, 어느덧 15년이나 감옥에 있었고 '전향'도 했으니까 아버진 '가능한 다수' 안에 속하지 않을까?"

김포공항에서 리무진버스를 타고 서울시내로 들어가 플라자호텔 앞에서 내렸다. 지하철 시청 역에서 전철을 타고 민가협 사무실이 있는 동대문 역에서 하차했다. 민가협에 있는 유태헌 오빠에게 국내 움직임에 대해 듣기 위해서다. 그런데 사무실에 태헌 오빠는 없었고 자원봉사를 하는 학생이 평민당사에서 정치범석방을 요구하며 가족들이 단식투쟁을 벌이고 있는 현장에 있다고 알려주었다. 나는 택시를 타고 평민당 당사로 향했다.

평민당 당사 앞에는 방패를 든 2, 30명의 기동대원들이 서 있었고 사복경찰이 드나드는 사람들을 날카로운 눈초리로 감시했다. 심장이 고동치기 시작했다. 침착해, 침착해, 아무렇지 않게 행동해야 된다고 나를 다그쳤다. 사복경찰이 나를 빤히 쳐다본다. 그런데 제지하지는 않았다. 태연하게 당사로 들어가자마자 깊은 물속에서 떠오른 것처럼 있는 힘껏 숨을 토해냈다. 당사 안쪽에서 경찰들을

감시하고 있는 남자직원에게 "단식…?" 하고 물었다. 한국어로 전
부 설명할 수 없기에 최소한의 단어로 해결하려고 택시 안에서 생
각해 둔 단어였다. 그 직원은 '아, 알았다'는 표정으로 좀 더 앞쪽에
문이 활짝 열려있는 방을 가리켰다. "수고 많으십니다." 라는 인사
에 "감사합니다." 로 대답하고 방으로 향했다.

　나는 일본에서 여러 번 단식투쟁을 했다. 그런데 한국에서 이런
투쟁을 하는 장소에 합류하는 건 처음이었다. 임시여권을 받아 한
국으로 건너온 정치범가족이 집단으로 싸운다는 건 있을 수 없었
다. 게다가 '북의 간첩'의 가족과 국내 민주화운동으로 체포된 가
족이 힘을 모아 싸우는 것도 생각할 수 없었다. 자이니치이자 '북
의 간첩'이라는 존재가 민주화를 10년 늦추게 했다는 말조차 들려
왔다. 그런데 최근 몇 년 동안 정치범에 대한 시각과 상황은 크게
달라졌다. 한국에서는 정치범이라는 말보다 '양심수'라는 말을 썼
다. 이 말로 아버지처럼 '북의 간첩' 취급을 당하는 사람들과 민주
화운동, 학생운동, 노동운동으로 체포된 사람들을 모두 일컬었다.
양심에 가책이 없는 사람, 양심에 따라 행동하다 권력에 의해 갇힌
사람이라는 말. 이 말을 알게 되었을 때 가슴 속에 등불이 밝혀지
고 마음이 포근하게 데워졌다.

　방은 그다지 넓지 않은 응접실이었다. 소파와 테이블은 벽 쪽으
로 밀려나 있고 카펫이 깔린 바닥에 양심수 가족 십 수 명이 앉아
있었다. 대부분 여성이다. 아는 얼굴은 없고 현장은 생각보다 조용
했다. 어떻게 해야 좋을지 몰라 입구에서 두리번거리는데 등 뒤에
서 낯익은 목소리가 들렸다.

　"어이구, 숙이 아니냐?"

"태헌 오빠!" 나도 모르게 오빠의 손을 잡았다.

"언제 왔어?"

'오늘 낮에 왔는데, 민가협 사무실에서 단식투쟁 얘길 듣고 달려 왔어요.'

이렇게 말할 생각이었는데 듣는 쪽에서는 틀림없이 뒤죽박죽으로 한국어 단어를 나열하는 말이었을 것이다. 그래도 그걸로 통했다.

"오오, 그렇구나. 잘 왔다, 잘 왔어"

오빠는 내손을 잡은 채 나를 방 안으로 데려가 거기 계신 분들께 소개하고 아버지 사건을 간략히 설명했다. '저런' 하는 한탄도 나오고 '쯧쯧쯧' 혀를 차는 소리가 여기저기에서 들려왔다. 나는 말 없이 고개를 숙여 인사했다. 여성들은 이쪽으로 오라며 손짓했고 나를 맨 앞 줄 한 가운데 앉게 한 뒤 손 글씨로 <장기수·정치범을 전원 석방하라! 결사단식>이라 쓴 머리띠와 조끼를 건넸다. 나는 일본에서 갖고 온 아버지의 석방을 요구하는 일본어 전단지를 나눠주었다.

중학교 2학년이 되기 직전인 초봄에 나는 어머니와 다섯 형제들과 함께 아버지의 무죄와 석방을 호소하며 긴자에 있는 수키야바시(数寄屋橋)에서 처음으로 단식투쟁을 했다. 지원을 해주었던 재일 한국청년동맹의 청년들이 천막을 치고 난로를 가져와 주었는데 몹시 추웠다. 오빠나 언니들은 우리를 격려하면서 지나가는 사람들에게 목이 쉬도록 석방을 호소했다.

그로부터 15년. 서울에 있는 평민당사는 난방도 잘 되어 있고 당에서 단식투쟁을 지원했다. 그때와 지금 이곳은 분위기가 상당히 달랐다. 하지만 같은 공기가 느껴졌다.

한 아주머니가 말을 걸어왔다. 알아들을 수 없어 고개를 갸웃거리자 그분은 마스크를 보이며 '일본' '교포' 라는 단어를 반복했다. 마스크에 '석방 도병규'라는 글자가 보였다.

"아! 도병규 선생님!"

"그래, 그래." 힘차게 고개를 끄덕이신다.

가족들의 마스크에는 붙잡혀 있는 육친의 이름이 쓰여 있었다. 머리띠, 마스크, 조끼, 손에는 석방을 요구하는 전단지와 피켓. 기자회견 때에 온몸을 사용해 알리는 거라고 말해주었다. 도병규 선생님은 아버지와 같은 재일정치범이다. 확정판결도 똑같이 사형이었다. 아주머니는 도 선생님의 조카이다. 아주머니와 그분의 친척들이 국내에서 어떤 고생을 하고 계실지 나는 너무 잘 안다. 대구에 계신 고모가 '북의 간첩' 동생이라 공무원인 고모부가 직장에서 숨죽인 생활을 하는 걸 보아왔다. 무슨 말을 건네야 좋을지 몰랐다. 한국말을 못하는 답답함 때문에 아주머니의 손을 꼬옥 붙드는 것 밖에 할 수 없었다.

다음 날 아침 일찍 나는 여관을 나와 평민당사 단식투쟁 현장으로 서둘러 갔다. 오늘 안으로 대구로 이동해야만 한다. 조금이라도 오래 현장에서 함께 하고 싶었기 때문이다. 태헌 오빠가 내일 크리스마스 특사 발표가 있다고 알려주었다. 오전 10시 기자회견 때에는 슬로건을 외치며 투쟁가를 합창했다. 국내기자들과 일본에서 온 특파원이 대거 몰려와 열심히 취재했다. 내가 일본에서 온 재일정치범의 가족이란 걸 알자 특파원이 둘러쌌다.

"내일은 아버지가 꼭 석방되길 바랍니다."

점심때가 지나서 단식투쟁 현장을 빠져 나왔다. 대구로 향하는 고속버스 안에서 아버지가 석방될 거라고만 생각했다. 하지만 재일한국인정치범은 크리스마스특사에서 석방도 감형도 되지 않았다. 왜 그토록 낙관적이었을까. 어리석었던 나를 책망했다. 고모 댁에 도착한 후 이불속에서 반대가 되어버린 그 꿈이 떠올라 괴로웠다. 다음날 어떤 얼굴로 아버지를 만나면 좋을지 그 걱정으로 가득했다.

방문이 열리는 소리가 나고 부엌 형광등 불빛이 비쳐 들어왔다. 형광등 빛이 어머니의 검은 그림자 둘레에 실루엣을 만들었다.
"숙아! 빨리 일어나서 좀 도와."
어머니의 가시 돋친 목소리. 대구교도소 교무과장실에서 한 특별면회 때 슬퍼하는 나를 오히려 위로해주었던 아버지의 모습이 순식간에 흩어져 버렸다.

NHK홍백가합전은 홍팀의 승리로 끝나고 소란스러웠던 텔레비전 소리가 갑자기 멈추었다. 전기프라이팬에 전을 부치고 있던 나는 고개를 들어 안쪽 거실에 있는 텔레비전 화면을 보았다. 눈이 내린 사찰의 풍경이 보인다. '가는 해 오는 해'가 시작되고 있었다.
방에는 아무도 없다. 어머니와 남동생들은 가게 문을 닫은 후 파친코 기계를 손보고 돈과 경품을 정리하기 위해 가게로 내려가 있다. 여동생들은 제각각 내일 아침에 집에 온다고 연락이 왔다. 선달그믐날 어머니의 폭풍 같은 짜증과 조바심의 호우를 피한 여동생들의 판단은 현명했다. 어머니뿐만 아니라 분명 그런 어머니에게 휘둘려 어쩔 줄 몰라 할 동생들을 챙기는 일도 버거울 것 같았다. 그래서 오늘 밤엔 오지 않는다는 전화를 받았을 때 '고맙다'는 인사까지 하고 말았다.

재료 손질이 끝나자 앉아서 할 수 있는 일들이어서 조금은 편했다. 하지만 오징어와 명태, 소고기 전이 끝났을 뿐. 이제부터 새우와 표고버섯 그리고 부추 전을 부쳐야 한다. 아직 끝나려면 멀었다.

"올해도 저물어 갑니다. 묵은 10년이 가고, 1990년대라는 새로운 10년이 시작되려 합니다."

침묵하고 있던 텔레비전에서 낮고 차분한 아나운서의 목소리가 흘러나왔다.

벌써 10년. 봄이 되면 아버지를 면회하기 위해 한국에 가기 시작한 것이 꼭 10년이 된다. 현해탄을 건너 한국과 일본을 얼마나 오갔을까….

1980년 5월, 광주에서 많은 시민이 군인들에게 살해되기 한 달 보름 전으로 '서울의 봄'이라 부른 3월이 끝나갈 무렵에 나는 처음으로 푸른 재소복에 국가보안법 위반자를 표시하는 빨간 수형번호, 사형수를 나타내는 △마크를 가슴에 박은 아버지를 서울구치소에서 면회했다. 열여덟 살 때다. 초스피드로 사형이 확정되어 언제 집행될지 알 수 없었다. 칼날 위를 걷는 듯한 나날들. 그 무렵이 가장 엄혹하고 고통스러웠다. 광주시민들을 학살한 군인이 대통령이 되자 거리풍경은 '서울의 봄' 때의 평온함이 단숨에 사라져 어딘지 살벌한 분위기로 바뀌어 있었다.

그래도 나는 아버지의 처형을 막기 위해 아버지를 만나기 위해 필사적이었다. 3·1절, 8월 광복절, 크리스마스 특사 때에 맞춰 서울행 비행기를 예약했다.

　나는 십대 소녀인데다 한국말도 못했다. 처음에는 쓸모없는 나를 비하해 비굴하게 굴었다. 하지만 한국을 오가는 횟수가 거듭되면서 차츰 깨닫게 되었다. 이런 상황을 거꾸로 활용하면 된다고. 아무 것도 모르는 가여운 사형수의 딸을 연기하기에 최적의 조건이라고. 무조건 '미안합니다, 스미마셍'을 연발하며 구치소 교무과, 주한일본대사관, 민단 본국사무소에서도 아버지의 석방을 간절히 청했다. 교도소에서는 특별면회를 하게 해달라고 계속 요청하고 또 요청했다. 정보기관이든 교도관이든 제아무리 높은 사람이라도 나에게 조금이라도 위해를 가하면 가한 쪽이 비난받을 게 분명했다. 어디, 해 볼 테면 해 보라지! 그런 심정이었다.

　일반면회 — 접견실의 두툼하고 지저분한 아크릴판을 사이로 바깥에서 안쪽으로 목소리가 통과하는 천정을 향해 큰소리로 말해야 한다. 하지만 짧은 시간밖에 아버지를 볼 수 없다. '일본에서 왔어요. 조금이라도 길게 만나게 해주세요. 아버지 손을 잡을 수 있게 해주세요. 얼굴을 자세히 볼 수 있는 특별면회를 허가해 해주세요. 부탁드립니다. 미안합니다. 부탁합니다. 제발 부탁합니다. 부탁드립니다! 어제 일본대사관이랑 민단에 가서 부탁드리고 왔어요. 연락 못 받으셨나요? 특별면회를 하게 해주세요.' 그러면 교무과장이 말한다.

　"아버지가 생각을 바꿨다는 증거로 전향을 하도록 너도 아버지를 설득하겠다면 허가하겠다."

"그럴게요."

나는 이렇게 대답하며 속으로 혀를 내밀었다.

일본에서 펼치고 있는 구원운동의 쟁점은 아버지와 같은 '확정사형수 다섯 명의 사형집행 저지'였다. 매달 어딘가에서 구원집회가 열렸다. 큰 집회가 있는가 하면 열 명도 안 되는 집회도 있었다. 어머니와 나는 아무리 작은 집회라도 분담해 참가했고 사형집행 저지를 호소했다. 가두서명과 집회도 셀 수 없을 만큼 했다.

한국에서 무슨 사건이 있을 때마다 아버지의 목숨과 결부돼 심장이 옥죄여오고 기막힘과 두려움에 떠는 일상. 어머니는 모든 것을 구명운동에 쏟아 부었다. 다른 확정사형수 가족도 그랬다. 가족들의 필사적인 활동으로 '사형집행저지' 운동은 큰 호응을 얻었다.

광주시민 학살과 쿠데타로 정권을 잡은 전두환 대통령의 평판은 몹시 나빴다. 그 사이 아버지는 무기징역으로 감형되었다. 명목은 군인대통령의 '취임 1주년 특사'라고 했다. 사형집행 위험이 사라졌다는 것이 좋든 싫든 아버지의 구원운동의 전환점이 되었다. 그리고 우리 가족의 일상도 조금은 차분해져 어느 사이엔가 '익숙함'에 빠지기 시작했다. 무죄=즉시석방이라는 대의는 없어지지 않았다. 하지만 구원집회에 참가하는 이들은 조금씩 줄어들었다.

우리 가족이 하나의 전환점을 맞이하는 한편에서 재일한국인정치범은 전두환 대통령 정권아래 양산되어 갔다. 오사카 임유영 선생의 사형판결이 확정되어 처형될 위기가 닥쳐왔다. 우리는 긴장했지만 아버지가 사형수였을 때의 그것과는 심각함이 전혀 달랐다. 아버지가 아니었으니까…. 그걸 알아차렸을 때 무어라 표현하기 어려운 끔찍한 것이 내 안에 자리 잡고 있음을 깨달았다.

아버지는 감형을 받은 해 가을에 서울구치소에서 대구교도소로 이관되었다. 대구 시내에는 고모가 살고 있고, 시내에서 버스로 2시간 쯤 걸리는 산골 마을 풍각에는 할아버지가 계시는 아버지의 생가가 있었다. 대구로 옮긴 아버지의 수감생활 중 가장 큰 변화는 수갑을 벗게 된 것과 독방생활이 시작된 것이었다. 사형수로 서울구치소에서 보낸 8년간은 1.75평 감방에서 '자살방지를 위해서'라며 24시간 수갑을 차고 살인, 사기, 절도, 강간 등 일반죄수들 십여 명과 섞여 지냈다. 누워도 앉아도 서 있어도 감방은 사람들로 가득했다. 게다가 같은 방 사람들 중에는 당국으로부터 아버지의 감시역할을 맡은 수감자가 있었다. 언젠가 특별면회 때 아버지는 옴짝달싹 할 수 없는 감방 안 스트레스를 내가 걱정할까봐 신중히 단어를 골라가며 얘기한 적이 있다. 사형수는 독방에 갇힌다는 걸 나도 일본에서 들어 알고 있었다. 한국의 구치소에서 일반죄수들과 사형수가 섞여서 수감되는 현실은 일제강점기 수감제도의 잔재로 그것이 청산되지 않고 남아있었다.

아버지는 대구교도소에서 특별격리감방(특사)이라 부르는 교도소 안의 교도소에서 독방생활을 시작했다. 그곳에는 비전향 정치범과 장기수가 수감되어 있다. <재일교포 유학생 학원침투 간첩사건>으로 구속된 지씨 형제 중 형님인 지현 오빠가 있었고 북에서 남파된 공작원으로 20년 이상 장기 수감 중인 선생님도 계셨다.

대구교소로 이감된 후 면회를 갔을 때 아버지는 '아버지로서의 책임' '조선인으로서 긍지' 같은 말을 자주 했다. 사형판결이 확정되었을 때 아버지는 변호사를 통해 '어차피 단두대에 설 몸이지만 그 순간까지 외부운동에 부응해 싸울 결심'이라고 전해왔다. 죽음의 공포를 견디며 죽음을 각오하고 있었다. 무기징역으로 감형됨으로써 죽음의 공포는 어느 정도 물러갔고, 죽을 각오는 긴급한 사안은 아니게 되었다. 간질환 때문에 몸 상태가 좋지 않았다고는 했지만 살아남게 되면서 시작된 아버지의 자문자답이다. 감옥에 있으면서 진정 살아있다 할 수 있을까 고뇌에 시달리는 것 같았다. 어머니와 자식들에게 부담을 주고 사회에 아무런 공헌도 하지 못하는 자신은 사실상 죽은 것이나 다름없다. 갇혀있어서 돌이킬 방법조차 없는 이 세월을 어떻게든 되돌리고 싶어 했다. '부모로서의 책임'은 이런 심정에서 나온 말이다. 하지만 당시 학생이었던 나는 아버지의 고뇌를 이해하지 못했다. '단두대'에 설 운명이었던 아버지를 구원운동을 통해 감방 안으로까지 되돌려 놓았다. 그 일에 어딘지 만족하고 있었다. 무기형은 언젠가는 석방된다. 어머니는 가게를 잘 운영해 아버지를 보살피는 일이나 구원운동을 할 수 있는 돈을 조금씩이라도 벌어서 모아두는 일에 훨씬 더 열심이었다.

대구로 면회를 다닌 지 2년째가 되던 가을, 아버지는 그해 8월에 '전향'했다고 내게 말했다. 체포된 후 10년 동안 그토록 완고하게 거부해온 '전향'이었다. 나는 몹시 곤혹스러웠다. 하지만 아버지가 결단을 내린 일에 내가 무슨 말을 할 수 있을까. 그저 입을 다무는 수밖에 없었다.

"숙아, 아버지는 양심에 가책이 되는 건 하나도 없단다. '아버지를 믿어 달라'는 이 말을 어머니와 동생들, 구원회 사람들에게 잘 전해주면 좋겠다."

"으응…"

나는 아버지를 쳐다보지 못한 채 대답했다. 1분1초가 아까운 면회인데 침묵이 그곳을 지배했다. 교무과장실의 싸구려 소파가 돌처럼 딱딱하고 차갑게 느껴져 앉아있기 거북했다. 나는 아버지의 시선을 피해 책상 위에 놓인 김밥만 뚫어지게 쳐다보았다. 아버지가 내 손을 잡고 내 관심을 끌어보려는 듯 흔들었다.

"이 얘긴 더 이상 안 하마."

아버지가 단호하게 말했다.

"식구들은 다들 잘 지내? 가게는 어떠냐?"

나는 쭈뼛쭈뼛 아버지의 물음에 대답했다. 그토록 어색하고 빨리 끝나길 바랐던 특별면회는 이전에도 이후로도 그때뿐이었다. '전향'한 아버지는 특별감방에서 병동감방으로 이관되어 있었다. 그리고 심하게 망가진 치아와 만성간염치료를 받게 되었다.

'아버지를 믿어주길 바란다.' 이 말의 의미를 제대로 확인한 건 이듬 해 여름에 있은 대구교도소 내 옥중투쟁이었다. 당국은 일원적인 전향공작이 가능하도록 전국의 비전향 장기수와 정치범을 대전교도소로 모아들였다. 그 때문에 대구교도소에 있던 지현 오빠와 장기수 선생님들 17명이 대전교도소로 이송되었다. 그 대신 40명 정도의 정치범들이 대구교도소로 이감되어왔다. 그 중에는 자이니치인 엄재철 선생님과 신명석 오빠, 성동관 오빠도 있었다.

교도소 측이 대전으로 이송시킨 이들의 두 배가 넘는 정치범을 감방에 몰아넣었기 때문에 한여름 더위가 기승을 부리는 감방이 콩나물시루 같은 상태가 되고 말았다. 이에 반발해 각 감방에서 들고 일어나 저녁식사 시간에 자연스레 투쟁이 시작되었다. 정치범들은 저녁밥을 복도에 내던지거나 식기로 철창을 두드리며 항의의 뜻을 표했고 교도소는 몹시 소란스러워졌다고 했다. 이 사태를 당국이 무분별한 폭력으로 대응해 다수의 부상자가 나왔다. 대전에서 온 명석 오빠, 동관 오빠와 한국의 대학생들 그리고 젊은 정치범 19명이 지하실에서 뭇매질을 당했다. 이 끔찍한 탄압 때문에 감방 전체가 공포에 휩싸여 꼼짝도 할 수 없게 되었다고 한다.

이 폭압으로 이가 부러진 학생 지도자가 병동옥사 2층에 입원했다. 아버지는 그곳 1층에 있었다. 또 광주학살의 실제 하수인이 미국이란 걸 알리려고 결행한 부산 미문화원 방화사건의 M씨도 병동옥사 1층에 있었다. 아버지는 학생들 사이에서 신화적인 존재였던 M씨를 불러 '이번 폭력을 그대로 두면 앞으로의 생활이 매우 힘들어 진다. 규정위반을 폭력으로 제압하려는 것이니 단결해서 저항하면 우리가 이길 수 있다.'며 2층에 있는 학생들을 설득했다. M씨는 젊은 국내 정치범을 아버지는 연배가 있는 정치범과 연락을 취해 투쟁체재를 만들고자 했다. 처음에는 극도의 공포심으로 주저했던 학생도 끈질긴 설득과 전력을 다 해 지원하겠다는 격려의 말에 꼼꼼히 투쟁준비를 시작했다고 한다. 그렇게 명석 오빠 일행은 몇 개 감방에서 단식투쟁에 들어갔다. 마침 그때 명석 오빠의 형님이 면회를 왔다. 부상을 당해 제대로 서지도 못하는 명석 오빠를 보고 상황을 파악한 한편으로 옥중상황이 자세하게 전해졌다. 오빠는 면회에 동석한 부소장에게 격렬히 항의했다. 이 부정행위와 탄압을 여론에 호소하겠다고 선언해 교도소 측을 당황하게 만들었다. 감옥 안 투쟁과 교도소 밖 지원이 효과적으로 작용해 당국과 당당한 위치에서 교섭할 수 있게 되었고, 수감자의 요구를 전면 수용하게 만드는 승리를 쟁취한 것이다.

나는 이 얘기를 지역 구원회의 시바타 씨로부터 세세히 들을 수 있었다. 시바타 씨가 옥중투쟁이 벌어진 사실을 모른 채 우연히 아버지의 면회와 사식을 넣어주러 갔다가 그곳에서 명석 오빠의 형님을 만나는 우연이 겹쳐진 덕분이었다. 명석 오빠의 형님이 다음 날 다시 면회를 간 시바타 씨가 아버지의 구원회 회원이란 걸 알고 이번 투쟁에서 아버지가 한 역할을 상세하게 듣고 전해 준 것이다.

시바타 씨와 헤어져 집으로 향하면서 말할 수 없이 기뻤던 걸 기억한다. 아버지가 감옥에서 싸우고 있다는 게 자랑스러웠다. 그건 아버지가 한 '전향'의 의미를 헤아리지 못한 나에게 한 가지 해답이 되었다. 아버지는 '전향'으로 그들에게 순종하게 된 것이 아니었다. 면회 때마다 얘기하고 편지에 써왔던 것처럼 평소에는 신중한 태도를 취하다가도 싸워야 할 때에는 싸우는 사람이었다. 더불어 확실히 알게 된 것은 '전향'은 징역살이로 고통 받은 몸을 치료해 하루라도 빨리 감옥에서 나가기 위해 아버지가 계획한 흥정이었다는 것을. 아버지는 학생들처럼 혼자 몸이 아니었다. 다섯 아이의 아버지였다. 가정이 있고 부양해야 할 자식들이 있는 한 집안의 가장이었다. 자식들에게 가장 중요한 시기에 자신이 없었던 것에 대한 죄책감이었다. 그 사이 남동생은 고등학교를 그만두고 말았다. 여동생은 큰 병을 앓았다. 친척들 사이에 불화도 있었다. 아버지에게 알리고 싶지 않았지만 그럼에도 웬일인지 아버지 귀에 들어가고 말았던 일들. 그렇기에 한시라도 빨리 감옥에서 나오길 원했다. 자신이 가족의 곁으로 돌아가면 자식들을 양육하는 일도 장사도 친척들과의 관계도 좀 더 원활해 질 게 틀림없었다. '아버지의 책임'이란 그런 것이었다.

돌이켜 보니 아버지가 '전향'한 뒤 병사로 이감 된 이후의 특별면회는 이전까지와는 달리 상당히 감시가 느슨했다. 이런 처우도 교도소 내 정치범들의 투쟁과 그 투쟁을 곤혹스러워하는 교도소 측이 타협적으로 조건을 완화했기 때문이라고 한다. 그래서 동석한 담당 교도관이 그다지 열심히 기록도 하지 않았고 도중에 자리를 뜨는 일도 가끔씩 있었다. 그러면 아버지는 도청의 염려 없이 가족들에 관한 일뿐만 아니라 감옥생활의 세세한 부분이나 정치범의 상황을 설명하고, 정세를 바탕으로 한 구원운동의 방향에 대해 상당히 깊은 의견을 말해왔다. 나는 면회가 끝나면 곧바로 기억해낼 수 있는 만큼 아버지의 얘기를 노트에 적었다.

특별면회 때는 영양가 있고 맛있는 음식을 많이 준비해 갔다. 하지만 서로 할 얘기가 너무 많아서 애써 가져간 음식이 다 먹지도 못하고 남고 말았다. 성동관 오빠의 어머니에게 그런 사정을 하소연하자 커다란 비닐봉투를 가져가라고 알려주셨다. 남은 음식을 봉투에 담아서 아버지에게 건넸다. 그러면 아버지는 재빨리 겨드랑이 사이나 바지 속에 숨겨 감방으로 가져갔다. 특별면회 때 가져간 음식은 그렇게 다른 정치범이나 장기수 선생님들에게 사식이 되었다. 이런 식으로 아버지의 구원운동 기록집과 운동에 관련된 팸플릿도 감옥 안에 넣어주었다. 좀 더 대담해진 나는 인스턴트 커피와 프림병을 겨드랑이에 감추고 들어가 면회가 끝나면 슬쩍 아버지에게 건네주게까지 되었다. 커피는 '검은 가루'라는 암호로 불렀는데 감옥 안에서 매우 귀하게 여긴다고 들었기 때문이다. 그래도 맨 처음 큰 네스카페 커피 병을 내밀었을 때 아버지가 놀라던 얼굴은 잊을 수 없다. 설마 병째로 가져오리라고는 생각지 못했을 것이다. 순간 눈이 휘둥그레지면서도 재소자복 안으로 휙 감춰 넣는 날쌘 동작은 굉장했다.

그렇게 나의 특별면회 스타일이 만들어져 갔다. 품이 넉넉한 옷을 골라 입고 허리 주변과 겨드랑이 사이에 드러내놓고 넣어줄 수 없는 종류의 물품을 숨기고 남은 손에는 음식을 들고 들어갔다. 하지만 한국에 사는 고모는 절대로 그런 일을 해서는 안 되었다. 그건 고모도 교도소 측도 암묵적으로 알고 있었다. 일본에서 오는 가족은 어차피 일본으로 돌아가야 한다. 교도소 측은 그 거리감을 파악하고 있었다. 여하튼 나는 면회를 가기 전 단단히 채비를 했다. 그 때문에 서둘러 걷는 게 불가능했다. 언젠가 면회 갈 준비를 도와주시며 내 모습을 보고 어지간히 웃었던 고모는 대체로 교무과장실이나 보안과장실에서 하는 특별면회 때 시간이 아깝다며 허둥지둥 앞장서 걸었다. 그리고 뒤처지기만 하는 내게 "숙아, 퍼뜩 안 오고 머하노." 라며 내 속도 모르고 화를 내실 때에는 눈물이 날 것 같았다. 담당인 '뚱보 간수'가 수상쩍다는 듯 나를 쳐다보았다.

"고모…안 돼요."

그때마다 애가 타는 목소리로 대답할 수밖에 없었다.

이렇게 면회를 다니다 보니 '아버지의 책임' 이란 것 때문에 고뇌하다 극도로 초조해진 아버지가 항상 강하고 올바르기만 한 사람은 아니라는 것도 알게 되었다. 민단 본국사무소에 상부의 동정을 이끌어낼 수 있는 진정서를 보내라. 여당의 누구누구와 만나라. 전 정치범으로 상당한 연줄과 뒷돈을 써서 당국이 '민주화' 행세를 하는데 도구로써 석방된 우모 씨를 찾아가라. 종국에는 아버지를 체

포한 국군보안사령부 요원이자 지금은 꽤 출세한 인물의 이름을
들먹이며 그 사람을 찾아가 연민을 호소하라고까지 요구했다.

구원운동이 주축이었지만 이 운동을 보조 할 모든 수단을 써서
석방이 실현되도록 하라는 얘기였다. 하지만 나는 그런 '뒷거래'가
아무런 효과가 없다는 걸 알고 있었다. 그래도 나는 아버지의 지시
에 충실했다. 그렇게 하지 않으면 아버지의 초조함이 점점 더 심해
졌다. 아버지가 만족해한다면 그걸로 된 거라 체념했다. 실제로 찾
아갔던 '유력자' 중 어느 한 사람이라도 나를 진지하게 대해준 사
람이 없었던 데다 있을 리도 없었다. 애초에 그런 사람들이라는 건
만날 약속을 정하는 전화응대만으로도 쉽게 알 수 있었다.

나는 더 이상 학생이 아니었다. 대학을 졸업할 때 아버지의 구원
운동을 이해해 주고 매년 두 세 차례 한국에 가기 위해 휴가를 낼
수 있는 직장을 찾았다. 첫 번째 변호사사무소에서는 전화응대, 워
드작업, 등기부신청을 눈물이 쏙 빠질 만큼 해야 했다. 배상금을
다투는 민사재판의 속내도 목격하게 되었다. '민완'으로 불렸던 변
호사 ─ 그는 조선반도에 뿌리를 둔 부모에게서 태어난 사람이었
다 ─ 에게 가당치 않은 질책을 당하고 의도적인 괴롭힘도 당했다.
두 번째는 광고대리점. 영업실적에서 최고성적을 거둬 표창을 받
았다. 이 사회에 건전하지만은 않은 시스템과 질투나 시기의 두려
움도 체험했다. 그리고 나는 도립 야간고등학교 사회과 비상근 강
사가 되었다. 교직원조합이 구원운동에 힘을 쏟고 있기도 했고, 주
변 사람들의 이해를 얻기도 쉬울 거라 생각했기 때문이었다. 도쿄
도에서는 교원의 국적제한 조항이 완화되어 있는 것도 한몫했다.
그런 이유로 '거친 학교'로 평판이 난 변두리에 있는 미나미 다테

이시 고등학교 강사로 근무를 시작했다. 학교에 출근하기 시작한 1987년 6월, 한국 전역에서는 학생과 시민들이 <호헌철폐! 독재타도!>를 외치며 한 달 가까이나 가두시위가 벌어졌다. 이 투쟁으로 군인대통령이 실질적인 퇴진상황에 몰렸다. 민주화의 기운 속에서 아버지와 같은 분들의 처우개선과 석방에 대한 기대가 커졌다. 한국에서 초여름에 시작된 투쟁은 여름 내내 계속되었고, 노동자들이 주체적인 노동조합 설립을 요구하며 파업을 이어가고 있었다.

그 무렵 나는 일본교도소의 면회를 경험했다.

미나미 다테이시 고등학교 야간반에는 재일조선인 학생도 적지 않았다. 그중에 김영진 학생이 상해사건을 일으켜 소년교도소에 수감되었다. 담임인 아오야마 선생이 같은 자이니치이자 조선어 과목을 가르치는 윤진실 언니와 내게 그 학생의 면회에 동행을 요청했다. 당연한 일이지만 교도소에 도착해 보니 그곳도 높은 벽으로 둘러싸여 있음을 내심 통감했다. 그런데 교도소가 어느 나라나 똑같지 않다는 걸 면회대기실에서 알게 되었다. 한국과 일본의 가장 큰 차이는 교도소의 철저하고 기계적인 관리체제와 그것에 겁먹고 기가 눌려 자신이 죄인인 듯 위축된 면회자들의 모습이었다. 사식 샘플은 종류도 적고 도무지 변변찮은 것들이다. 그것이 규제의 엄격함을 말해주었다. 면회를 기다리는 사람들은 하나 같이 고개를 숙인 채 말없이 꼼짝 않고 기다린다. 교도소의 위압감에 개성을 잃은 다갈색 풍경. 이와 반대로 한국의 대기실은 원색적이었다. 면회를 기다리던 나는 어김없이 처음 보는 아줌마에게 "그쪽은 무슨 죄로 들어갔우?" 라는 질문을 받았다. 아줌마는 질문뿐만 아니라 자신의 아들은 이러저러한 죄로 몇 년 받았노라고 큰소리로 애기하며 스스럼없이 웃기도 했다. 그런 대화가 곳곳에서 피어났다.

"죄를 저지른 건 잘못이지만 저 망나니 녀석이 제대로 죗값을 치르게 하려고 면회를 오는 거니까 내가 기운을 차려야지."

절도죄로 아들이 수감되어 있던 아주머니의 말이 떠올랐다.

"간수한테 알랑거려서 죄가 가벼워지는 것도 아니고. 게다가 난 죄인도 아닌데 뭘."

또 다른 아줌마가 당당히 말했다. 내가 정치범의 딸이란 걸 알고 나서도 피하는 사람은 없었다. 오히려 어설픈 내 한국말을 어떻게든 알아들으려 애썼다.

"멀리서도 왔네, 아이고… 쯧쯧쯧."

"사식 넣는 법은 아나?"

동정해주고 격려해주는 사람이 더 많았다.

나는 반발심이 부글부글 끓어올랐다. 하지만 동행한 아오야마 선생과 진실 언니는 그런 분위기에 짓눌려 있었다. "주눅 들지 맙시다." 라고 여러 번 말했지만 효과는 없었다.

김영진 군의 면회는 규정대로 정확히 20분. 면회경험이 풍부한 (?) 내가 없었다면 아오야마 선생은 그 20분조차 감당하지 못했을 게 틀림없다. 나는 근래 있었던 학교이야기와 김 군의 동급생 일들을 이것저것 이야기했다. 동행한 두 사람도 몇 마디 했다. 김 군은 듣기만 했다. 이쪽의 질문에 "아니요" 또는 "네"라고 대답할 뿐 길게 말하지도 않는다.

"아무튼 영진 군, 여기서 나오면 꼭 학교로 돌아오는 거야."

나는 몇 번이나 말했다. 약간 다른 식으로 같은 말을 반복했다. 싱거운 농담에도 김 군이 치아를 보이며 웃었다. 그거면 되는 거다. 나는 안다. 감옥에 있어도 혼자가 아니라는 걸 알게 해주고 그걸 희망으로 삼게 한다. 그것이 면회라는 행위의 목적이니까….

어쩌면 나는 이런 식으로 같은 세대 '평범한' 여성들보다도 상당히 많이 내 마음 속에 오래도록 흐뭇한 뒷맛을 남기는 사람이나 장면과 마주해왔다. 마찬가지로 구토를 유발하는 사람이나 사건에도 시달려왔다. 그렇게 사람과 세상을 보는 눈이 조금씩 만들어진 것 같다.

그러니까 아버지, 당신이 감옥에서 갖은 고심 끝에 반은 허사라 여기면서도 그럼에도 불구하고 저한테 만나보라 하셨던 사람들을 저는 도저히 좋아할 수가 없었어요.

부럽다는 감정은 짐이다. 자칫 잘못하면 미움이 되고 만다. 게다가 미워하는 자신을 깨닫게 되면 견딜 수 없는 심정에 짓눌리게 된다. 정확히 1년 전이 그랬다.

야당의 분열로 군사정권을 유지할 수는 있었지만 지난 정권과의 '차이'를 보여줘야만 했던 노태우정권은 서울에서 올림픽이 개최된 88년 2월에 출범했다. 이 정권은 '민주화'를 어필하기 위해 정치범석방을 공언했다. 아버지는 이러한 변화에서 자신도 포함된 재일한국인정치범 다수가 석방될 것이라 상당히 확실한 전망을 품은 것 같았다.

이런 움직임은 이전 정권 때도 있었다. 1984년 9월에 전두환대통령의 일본방문이 발표된 것을 전후해 아버지 같은 재일한국인정치범이 교무과에 불려가 사진을 찍은 일이 있었다고 한다. 감옥에서는 그 일을 석방서류작성이라 판단했다고 한다. 안팎으로 반대가

심했던 군인대통령이 일본을 방문하는 '선물'로 '전향' 후 일정기
간을 복역한 정치범을 석방한다는 방침이 분명 있었던 것 같다. 아
버지의 '전향'은 돌이켜보면 마침 그 시기였다. 84년 8월 15일 광
복절 특사 때 자이니치 중에서는 3명이 석방되고 성동관 오빠가
무기징역으로 감형되었다. 하지만 아버지는 석방은커녕 감형조차
되지 않았다.

이번에도 사진촬영이 있었다. 그런데 노태우대통령의 취임에 맞
춘 88년 3.1절 특사에서 아버지는 완전히 배제되었다. 이 결과가
나온 직후 특별면회 때 만난 아버지는 몹시 화가 나 있었다. 머리
카락도 자라 건강해 보이긴 했지만 마음속에는 피폐한 분노가 휘
몰아치고 있었을 것이다. 분명히 그런 아버지의 모습은 이후에도
이전에도 보지 못했다.

"올바른 길을 갈 생각이었지만 아버지가 안이했어. 작년 10월에
미리 손을 써두었더라면 나갔을 거다. 한국은 아직 그런 게 가능한
사회야. 그다지 좋은 모양새는 아니지만 부탁한다."

아버지가 내 심정은 아랑곳없이 이토록 분명하게 '뒷거래'라는
말을 한 적은 없었다.

"가장 안 좋은 건 20년, 15년, 10년, 5년으로 찔끔찔끔 감형되는
일이야. 그런 최악의 상황은 견디기 힘들다." 그렇게 말했던 아버
지가 '뒷거래'로 석방된 후 '개과천선한 스파이'로서 일본 각지에
서 열린 민단주최 집회에서 반공연설을 하고 다니는 인물의 이름
을 꺼내들었다.

"그때 똑같이 했더라면 틀림없이 나갔을 거야." 라는 말까지 했
다.

아버지의 심정을 안다. 그러니 나는 반론하지 않는다. 한마디 한 마디에 수긍하며 맞장구를 놓았다. 아버지는 앞니가 빠져있었다. 어금니도 성치 않았다. 그 때문인지 치아 사이로 공기가 새어나와 이따금 단어가 불분명하게 들렸다.

"치아는 나간 후에 치료할 생각이었는데, 언제가 될지 알 수 없으니 감옥 안에서 치료하마. 돈을 좀 부탁한다." 면회가 끝날 즈음 아버지가 쓸쓸하게 말했다. "고생만 시켜서 미안하다."

어쨌든 한국의 민주화와 발전의 상징이라며 노태우정권이 선전했던 올림픽효과는 적지 않았다. 물론 거기에 초점을 맞춰 정치범 석방이 민주화의 바로미터라고 캠페인을 벌였던 구원운동도 정권에 강한 압력을 가하고 있었다. 같은 해, 정치범은 기념일마다 단계적으로 석방되었다. 5월, 재일정치범 중에서는 형기는 채웠지만 사회안전법의 보안관찰처분 때문에 형을 다 살고도 10년이나 갇혀있던 지씨 형제 중 동생인 지문식 오빠가 드디어 석방되었다. 6월에는 마찬가지로 7년이나 보호관찰소에 있던 송종우 오빠도 출옥했다. 노태우대통령의 '민주화선언' 1주년이란 이유로 6월말에 6명, 광복절에 4명, 10월 개천절에는 사형확정판결을 받고 감형된 후 한동안 대구교도소에서 아버지와 함께 지낸 신명석 오빠를 포함해 3명이 교도소 문을 나왔다.

사형수였던 신명석 오빠의 석방은 어머니와 우리들에게 꺼져가던 희망의 불씨를 되살리게 했다. 그해 마지막 기회인 크리스마스 특사가 한없이 기다려졌다.

12월 20일, 그해 마지막 특사발표. 자이니치는 4명이 석방됐다. 대구교도소에서도 아버지와 같은 감방에 있던 성동관 오빠와 엄재

철 선생님이 있었다. 확정사형수였던 두 사람의 석방. 아버지는 무기에서 20년으로 감형이었다. 같은 교도소 같은 감방에서 지내고 똑같은 사형수였음에도 두 사람은 나가고 아버지는 남겨졌다. 엄재철 선생은 징역 20년, 성동관 오빠는 20년 형기가 절반으로 줄기는 했지만….

같은 교도소에서 옥고를 치른 두 분과 가족들과 구원회 사람들에게 "축하드립니다."라는 인사는 했지만 마음 밑바닥에는 부러움의 잔가시가 돋아있었다.

현관문이 열리자 집안으로 냉기가 와락 쏟아져 들어오더니 이내 잦아들었다. 어머니와 '오빠'가 가게 뒷정리를 끝내고 방으로 들어왔다. 허공을 헤매던 생각들이 어머니의 한 마디에 현실로 돌아왔다.

"벌써 시작했어? 수고가 많네. 어휴, 많기도 하다. 손님들에게 낼 것과 종업원들 먹을 것까지 해야 되니 만만치 않네."

'가는 해 오는 해'는 끝나 있었다. '오빠'가 민영방송으로 채널을 돌리자 연예인들의 소란스러운 목소리가 방안을 가득 채웠다.

20세기 마지막 10년이 시작되었다. 이 10년 동안에 아버지는 돌아올 수 있을까.

서울올림픽이 열린 해 12월, 아버지는 징역 20년으로 감형됐다. 그렇다면 체포된 날부터 계산해 앞으로 4년, 형이 확정된 때부터 친다 해도 앞으로 5년이면 만기출소다. 그때 어머니는 "얼마 안 남았어. 그보다 더 늦춰질 일은 없을 테니까." 라며 무기로 감형됐을 때보다도 담담하게 말했다.

하지만 그리 단순치 않다는 걸 알게 되었다. 석방된 성동관 오빠와 작년 봄 서울에서 만났을 때 징역20년은 무기로 감형된 날부터 셈하는 거라고 알려주었다. 그럼 만기가 2002년이 된다.

"엣, 말도 안 돼… 사형수로 지낸 8년간의 고통스런 날들은 없었던 일로 취급하는 거예요?"

"아니, 그렇지 않아요. 그런 일은 없을 겁니다. 아버지는 머지않아 나오실 거예요. 나도 그랬으니까. 이미 석방의 레일은 깔려 있어요. 그러니까 얼마나 당당하게 싸워서 자랑스럽게 나오는지가 중요해요."

그로부터 1년. 작년엔 아버지에게 아무런 변화도 없었다. 성동관 오빠가 가르쳐준 징역 20년의 계산법대로라면 아버지는 앞으로 10년 안에 나올 수 있다. 21세기까지 감옥에서 28년이다. 28년! 설마 그럴 리가. 그렇지만 확정은 아니었다. 한국에서 다시 커다란 정치변동이 생긴다면 어떻게 될지 모른다. 그런 일이 전혀 없을 거라 단언할 수 없는 것이 분단된 한반도의 현실이다. 지씨 형제 구원운동의 중심에서 활동하는 R대학의 타야마 선생님. 선생님의 배려로 특별히 세미나에 참가하고, 선생님의 지도로 한국의 근현대사를 배울 수 있었던 나의 두려움이었다.

겨울방학이 끝날 무렵부터 한국에서는 1년 전 연말부터 시작된 보수대연합의 움직임이 급속히 구체화되어 갔다. 그리고 어렴풋이 지현 오빠의 석방문제가 불거지기 시작했다. 그 문제로 타야마 선생님이 일부러 속달편지를 보내오셨다. '보수대연합은 어떻게 되는 것이고, 그것이 재일정치범 석방문제에 어떤 영향을 주는 겁니까?' 부재중 음성으로 내가 남겨놓은 질문에 대한 응답이었다. 선생님의 독실함을 접할 때마다 나는 생텍쥐페리의 『인간의 대지』에 나온 인간의 정의를 떠올린다.

<인간이 된다는 것, 그것은 바꿔 말하면 책임을 지는 일이다. 자신의 탓이 아닌 것처럼 여겨지는 불행한 일들과 마주했을 때 부끄러워할 줄 아는 것이다. 그것은 동료들이 거둔 승리를 자랑스럽게 여기는 일이다.>

나는 이 말을 교훈으로 가슴에 새겼다. '동료가 거둔 승리를 자랑스럽게 여기는 것' 모든 정치범의 석방을 이뤄내는 일…….

《부재중 메시지를 들었습니다. 전화로 답하기보다 서면으로 하는 것이 당신뿐 아니라 어머님과 구원회 관계자 분들에게도 참고가 될 것 같아 편지를 보냅니다.

지현 씨의 석방이 쟁점화 된 것은 역시 여당인 민정당과 야당인 민주당, 공화당까지 가세해 3당에 의한 신당인 '민주자유당' 결성 즉 보수대연합의 명분을 만들기 위함이라 할 수 있겠지요.

1월 11일에 김대중 평민당 총재는 노태우대통령과 회담을 갖고 작년 연말에 있은 정치범 석방이 충분하지 못하다며 재일한국인 장기수를 포함해 전향한 장기수를 더 석방해야 한다고 촉구했습니다. 즉 지씨 뿐만 아니라 아버님과 동료들의 석방까지 언급한 것입니다. 이에 대해 노태우대통령의 답변은 매정하게도 '숫자를 다시 확인해서 답변하겠다' 는데 그쳤습니다.

그런데 다음날인 12일, 김영삼 민주당총재가 노태우대통령을 만나 장기수석방이 불충분하다고 지적하고 또한 지 씨의 가석방을 요구하자 노대통령은 적극적으로 검토하겠다고 답했습니다. 이것은 전날 김대중 총재에게 한 답변과는 전혀 다른 적극적인 자세였습니다. 김영삼 씨에 대해 노대통령이 이렇게 적극적인 자세를 보인 것은 보수대연합에 반대하는 김대중 총재에게는 푸대접을 하고 야당에서 여당으로 적을 옮기려는 김영삼 씨에게는 점수를 주려는 것이 분명합니다.

이에 따라 한국의 법무부는 1월 17일에 3·1절을 기해 장기복역 정치범의 특별석방을 검토하고 있다고 발표했습니다.

이로써 1990년 1월 22일에 민정당, 민주당, 공화당 3당은 합당에 합의했습니다. 그리고 25일 김영삼 씨는 노대통령, 김종필 공화당 총재와의 회담 후 대부분의 정치범을 2월 중에 석방할 수 있도록 합의했다며 선물보따리를 풀어놓는 담화를 발표했습니다. 그런데 2월 1일에 법무부장관이 3·1절 특사에서는 장기복역 정치범을 20명만 석방할 방침이라고 말했습니다. '정치범 대부분'이 불과 20명으로 극감된 것입니다.

2월 3일 3당 총재회담 후 또다시 김영삼 씨는 노대통령에게 지현 씨의 석방을 요청했는데 대통령이 '긍정적으로 검토하겠다.'고 답변했다고 청와대 당국이 발표했습니다. 그 후 2월 5일, 김영삼 씨가 <요미우리 신문>과의 단독회견에서 '지현 씨의 석방문제 등은 내가 신당의 공동대표가 되었기 때문에 가능했다'고 말했습니다. 무심코 내뱉는 진심이란 바로 이것입니다. 김영삼 씨는 야당에서 여당으로 변절한 것에 대한 한국 국민들의 비판으로부터 자신을 지키기 위한 정치범의 석방, 특히 유명한 지현 씨의 석방을 역설했

고 노태우대통령도 보수대연합에 대한 비판과 저항을 가능한 완화
시키고자 김영삼 씨의 제안에 동의한 것이겠지요. 그런데 보수대
연합을 위해서라도 지현 씨의 석방문제를 확실히 매듭지어 체면을
세울 수밖에 없었던 때에 그들을 궁지로 몰아넣은 것은 지현 씨를
비롯한 감옥 안 정치범들이 직접 나선 투쟁과 거기에 합류한 한국,
일본, 그리고 해외 민중들의 목소리였다고 볼 수 있습니다.

따라서 지현 씨와 아버님이 3·1절 특사로 석방될 가능성은 충분
히 있다고 봅니다. 다만 정치범 전원을 석방할 생각은 없겠지요.
그걸 감안해서 지금 당장이라도 강하게 투쟁해 정치범 전원을 석
방하라는 목소리를 높여야 된다고 생각합니다.

어머님을 비롯한 여러분들에게 안부 전해 주십시오.》

특별면회(2)

올 겨울은 '이상난동'이라 할 만큼 따뜻하다. 그래서 한국도 그럴까 했는데 그렇지도 않은 것 같았다. 대구에 계신 고모에게 한국방문 일정과 필요한 것들을 물으려 전화를 했더니 "여긴 영하 10도까지 떨어져 꽁꽁 얼어붙었데이, 단디 챙겨서 온나." 하셨다. 분지인 대구는 겨울엔 춥고 여름은 몹시 더웠다. 감옥은 훨씬 더 극단적으로 계절이 찾아온다.

이번에는 아버지의 출소를 맞이할 수 있을지도 모른다. 나는 타야마 선생님의 편지를 받고 곧바로 학교에 장기휴가를 냈다. 그 때문에 자리를 비우는 동안 수업을 대신할 교재준비에 쫓겨 최근 일주일간은 거의 한밤중이 지나서야 집에 돌아왔다.

"한국은 굉장히 춥다더라."

어머니는 나와 함께 갈 막내 걱정만 했다. 무조건 아들에겐 너그럽기 그지없었다. 그래도 나는 그런 너그러움이 동생을 버릇없게 만드는 일이라고 절대 말하지 않는다. 어머니의 편애를 유일하게 꾸짖을 사람인 아버지의 부재를 깨닫는 일이기 때문이다.

막내를 데려간 이유는 아버지가 강하게 원해서였다. 아버지는 막내의 일상이 안정되지 않는 것을 마음 아파했다. 고교를 중퇴해 버리고 반년 쯤 일도 하지 않고 빈둥거리다 가게 일로 인연을 맺게 된 기계 수리점에 취직했다. 그런데 그것도 오래가지 않았다. 무언가 풀 수 없는 것이 막내 마음속에 자리 잡고 있었다. 그건 나도 안다. 하지만 어떻게 해야 좋을지는 그녀석도 우리도 알 수 없었다. 면회를 가면 아버지는 빼놓지 않고 막내에 대해 물었다. 뭐든지 좋으니 진심으로 하고 싶은 일을 찾으라고 말해 달라 했다. 나는 막내에게 내가 근무하는 학교에서 공부를 다시 시작하라고 적극 권했다. 달리 할 수 있는 일이 없다는 소극적인 동기였지만 막내는 다시 학교에 다니기 시작했다. 특별면회 때 첫마디로 '아버지 오늘은 기쁜 소식이 있어요' 하며 그 소식을 알려주자 아버지는 환한 얼굴로 기뻐했다. 그런데 다음 면회를 가서 막내가 학교에 가지 않는다고 말했을 때 아버지가 보인 낙담은 내가 상상한 이상이어서 할 말을 잃고 말았다.

"동급생들이 나이 어린 애들뿐이라 기댈만한 곳이 없나 봐요. 그렇기도 하고 내가 같은 학교에 있으면서도 제대로 도와주지 못했으니까…."

"아니다, 그녀석이 6살 때 아버지가 체포됐다. 그 나이보다 두 배이상 곁에 있어주지 못했으니 아무 것도 해준 게 없어. 아버지 탓이다. 격려해주는 것도 꾸짖는 것도 못해줬으니까."

아버지는 올해 첫 편지를 막내 앞으로 보내왔다.

'지금의 아버지 모습을 보길 바란다. 아버지에게도 그리 멀지 않은 때에 좋은 일이 생길 것 같은 기분이 드는구나. 무거운 철문을 열고 어렴풋이 빛이 들어오는 것 같다. 너에게는 뭔가 결심이 서면 멧돼지처럼 누가 뭐래도 돌진할 수 있는 강한 근성이 필요한 것 같구나. 아버지는 이 나이가 되었지만 지금부터라도 그렇게 살아보고 싶단다. 아버지랑 같이 힘차게 출발해 달려보는 건 어때! 함께 승리를 맛보자꾸나.'

서울에서 느끼는 정치범석방에 대한 감촉은 일본에서 접하는 보도나 여러 사람의 비판과는 달리 매우 엄혹했다. 지현 오빠만을 다른 정치범과 분리해 단독으로 석방시킨다는 이야기도 전혀 근거가 없었다. 오히려 그런 상황을 신중히 경계해 감옥 안에서도 감옥 밖에서도 정치범 전원석방을 요구하며 단식투쟁이 벌어졌다.

이런 상황이라 서울에서 보내는 일정은 숨 돌릴 틈조차 없을 정도였다. 도착하자마자 곧바로 변호사 선생님을 만나 상황을 전해 들은 후 숙소로 돌아가 다음 날부터 만나야 될 사람들과 약속을 잡기 위해 수화기에 매달렸다. 법무부의 보안2과장과 교정국장, 일본 대사관의 담당 참사관, 민단 본국사무소 등에 연락하는 일은 내키지 않았지만 반드시 해야 했다. 내가 한국에 와 있는 것을 상대에게 확실히 전달하기 위해 직접 만나야만 한다. 그리고 진심으로 힘이 되어주는 분들인 명동성당 추기경님과 수녀님, 기독교교회협의회 목사님, 야당계 유력 변호사, 평민당 인권위원회, 그리고 민가협 식구들. 민가협으로 전화했을 때는 출옥한 후 전임으로 활동하는 지현 오빠의 동생 지문식 오빠와 얘기할 수 있었다. 내일부터 전국민족민주운동연합(전민련) 사무실에서 모든 정치범의 석방을 요구하는 기자회견을 하고 농성에 들어가니 나도 참가해서 아버지의 석방을 호소하면 어떻겠냐고 제안해 주었다. 가겠다고 대답했다.

동생은 짐을 들고 나를 따라다녔다. 내가 전화를 하고, 버스에 타고, 지하철을 갈아타고, 택시를 잡아 농성현장으로 향하고, 사람을 만나 이야기를 듣고, 아버지의 상황을 전하고, 석방을 호소하는 활동을 경이로운 눈으로 바라보았다.

"누나, 한국말 제대로 알아들어?"

"알아듣지 못하지만 알 수 있어. 신기하지? 근데, 그게 맞을 걸.

어쨌든 아버지가 석방되도록 구원운동 지원을 부탁하는 거니까, 상대방에게 통할 거라 믿고 밀어붙이는 거야. 상대를 똑바로 쳐다 보고 온 힘을 집중해 쏟아내는 거지."

"놀랍다, 그게 되나."

"응. 된다니까."

전민련에서 열린 기자회견을 마치고 점심 전에 평민당 당사에 도착했다. 현관 지붕 아래 검은색 큰 자동차가 멈춰 있었다. 경호원들이 주위를 살피며 경계를 서고 있다. 차가 있는 곳으로 다리를 약간 절뚝거리며 걸어오는 사람이 보였다.

"앗, 김대중 총재!"

나는 동생의 손을 끌고 자동차로 달려가 뒷좌석 창문을 두드렸다. 차안에 타고 있던 김대중 총재의 입술이 움직였고 차장이 조금 열렸다. 창문 틈으로 재빨리 <아버지를 석방하라!>고 인쇄된 일본 어전단을 밀어 넣었다. 차가 출발하는데 방해가 되지 않도록 뒤로 물러나 차안을 살폈다. 전단지를 보고 있던 김대중 총재가 우리를 손짓해 불렀다. 다시 차로 달려가니 차창이 활짝 열렸다.

"잘 알고 있습니다. 기운 내요. 나도 힘껏 도울 테니까."

일본말이었다.

"하이, 감사하무니다, 감사하무니다!"

곧바로 차창이 닫히고 차가 출발했다.

대구교도소의 분위기는 심상치 않았다. 감방 안에서 무슨 일이라도 있었는지 불길한 사태가 벌어졌다는 직감이 들었다. 특별면회가 어려울지도 모른다고 생각했는데 일본에서 막내가 함께 왔다고 강하게 밀어붙이자 쉽게 허가가 나왔다. 그런데 교무과장실에 들어온 아버지는 나와 동생을 보고도 긴장된 표정을 풀지 않았다.

"그저께부터 지금까지 외부의 요청에 부응해 정치범 전원석방과 국가보안법 철폐, 보수대연합 반대를 주장하며 정치범들이 단식투쟁 중이다."

그 말을 들은 동생의 표정이 순식간에 굳어졌다.

"아직까지는 사진을 찍는다거나 그런 조짐은 전혀 없어."

"조짐이라니?"

내가 물었다.

"석방 말이야."

"아버지는 안 된다는 말이에요?"

이번에 동생이 묻는다.

"확실한 건 알 수 없어. 하지만 석방이 안 되더라도 너무 낙심하지는 마라. 언젠간 나갈 수 있을 테니까. 걸어서 나갈지 관속에 들어가 나갈지는 모르겠지만."

"아버지!"

나도 모르게 언성이 높아졌다. 아버지는 담담히 말을 이었다.

"사진을 보내주면 좋겠구나. 식구들이 자연스럽게 찍힌 사진이면 좋겠어. 감방 사람들에게 딸내미들 사진을 보여주니 착한 딸들이라 칭찬하기에 아들들은 더 착하다고 했거든. 그러니 사진 좀 보내다오."

"아버지, 저한테 보낸 편지에 '함께 힘차게 시작하자'고 쓰셨잖아요."

"기억하고말고. 그렇게 썼지. 어때, 한국에 유학 오는 건? 어학당에 들어가 한국어를 배우는 것도 좋지. 가게 일에 활용할 수 있게 기계를 배워보는 것도 좋고, 무역관계도 장래가 유망해. 어쨌든 보람 있는 일을 찾아 봐. 아버지랑 보조를 맞춰서 시작해볼까!"

"할게요, 아버지. 그러려면 아무 일 없이 걸어서 여기서 나와야죠."

"그래. 포기하면 안 된다. 부딪히고, 부딪히고, 또 부딪히는 거야. 그래서 무너뜨려야 해. 이 나라는 그런 나라다."

면회를 끝내고 고모 집으로 가는 버스 안에서 나와 동생이 주고받은 말은 그저 한 마디뿐이었다.

"누나, 아버지, 결심한 거 같지."

"응…"

나는 차창 밖으로 지나는 메마른 겨울 전원풍경에서 눈을 떼지 않고 힘없이 대답했다.

토·일요일을 끼고 3일이 지난 후 나와 동생은 아버지가 지시한대로 특별면회를 신청해 허락을 받았다. 아버지가 안에서 상당한 사전조율을 한 게 틀림없다. 진행 중이던 단식투쟁은 앞서 면회했던 그날 중으로 끝냈다고 한다.

"실질적으로 이틀 반이었으니까 죽부터 시작해서 벌써 일반식을 먹고 있다. 별것 아냐. 힘이 넘쳐난다. 팔씨름을 해도 이길 걸. 해볼까?"

동생은 아버지의 청을 거절하며 공부를 다시 시작해 보겠다고 했다. 아버지는 그 말에 고맙다고 답했다. 함께 다시 해보자며 이번엔 악수를 청했다. 동생은 양손으로 아버지가 내민 오른손을 잡았고 둘은 웃으며 잡은 손을 몇 번이나 흔들었다. 나는 팔씨름을 하지 않아서 다행이라고 가슴을 쓸어내렸다. 감옥에서 야윈 아버지가 완전히 청년이 된 동생을 이길 리가 없었다. 동생도 그걸 잘 안다. 동생은 한국에 온 후로 부쩍 어른이 된 느낌이다. 다시 시작해보겠다는 결심도 건성이 아닌 것 같았다. 고모 댁에서 지내는 동안 나는 동생의 진로에 대해 아무 말도 하지 않았다. 그러니 오늘 한 약속은 아버지의 결심에 깊이 감동한 동생이 스스로 결정한 대답이다.

그나마 웃으며 대화를 나눈 건 여기까지였다. 아버지가 안색을 바꾸며 얘기하기 시작했다.

"김영삼 씨가 자이니치에 대해서는 최대한 배려하겠다고 했었지. 그건 감옥 안에서도 화제가 됐어. 지 군은 확실히 석방될 거야. 하지만 만약 3·1절 특사 때 나를 내보내지 않으면 죽음을 각오로 혼자 무기한 단식투쟁을 할 생각이다. 단식투쟁은 다 같이 하면 열흘이 한계야. 단식은 마지막 투쟁수단이라 시작한 이상은 반드시 끝을 봐야 해. 여럿이 시작했다가 전열이 무너지면 안 하느니보다 못한 비참한 결과를 초래하게 돼. 아버지는 서울구치소에서 그걸 경험했다. 그러니 나 혼자하거나 마지막까지 함께 할 수 있는 또 한 사람과 할 생각이야. 사람은 살기 위해서 어느 순간에는 목숨을 걸어야 할 때도 있다. 그렇게까지 하지 않으면 이 벽은 깨뜨릴 수 없어. 아버지의 각오를 일본에 있는 분들이 잘 파악해서 내가 싸우기 쉽도록 뒷받침해주지 않으면 고독한 싸움이 되고 만다. 숙아, 아버지가 석방될 준비를 해다오."

나는 일본의 구원회 관계자에게 아버지가 목숨 걸고 단식을 할 작정임을 알리고 지원체제를 갖춰달라고 부탁했다. 일본에서는 어떻게든 단식을 제지해야 한다는 전화뿐 아니라 잇달아 속달을 보내왔다.

동생이 일본으로 돌아가는 날 오전에 짧게 특별면회가 허락되었다. 내가 보기에는 아버지의 결심에 한 치의 흔들림도 없는 것 같았다. 그럼에도 아버지가 가장 신뢰하는 동포이자 친구가 보내온 속달을 아버지에게 보여드렸다. '자네가 아무 걱정 없이 일본에 돌아올 수 있도록 모든 상황을 상정하고 심사숙고해 운동을 펼치고 있네. 여하튼 몸을 소중히 간수해주길 바라네.' 또한 '한 사람의 희생으로 정세를 바꾸기란 쉽지 않은 일이니 집단으로 싸우는 것이야말로 효과가 있지 않겠나.' 라는 구원회 의견을 전하자 아버지는 '그럴지도 모르지' 라고 했다. 어젯밤 통화에서 어머니가 얘기한 '무기한 단식을 결심했다는 말을 듣고 10년 동안 아버지가 어떤 심정으로 지내왔는지 한 순간에 이해가 됐다'는 말을 전했을 때 아버지는 눈물을 보였다.

"아버지도 그렇게 융통성 없진 않다. 최대한 단식은 하지 않겠다고 약속하마."

하지만 나도 동생도 아버지가 약속한 대로 해주리라는 확신은 없었다.

그날 중으로 서울로 올라가 김포에서 동생과 헤어진 후 추기경님을 만나기 위해 명동성당으로 향했다. 결국 추기경님과는 만나지 못했지만 그 분의 바쁜 일정을 생각하면 어쩔 수 없는 일이었다. 동생과 함께 있을 때도 여러 번 전화를 걸어 추기경님과의 면담시간을 조정했기에 우리의 마음이 충분히 전해졌음이 분명했다. 창구가 되어주신 수녀님에게 편지를 맡기고 익숙해진 여관으로 돌아왔다.

"아줌마— 저 왔어요."

"오냐, 어서 와."

하루만 묵을 거라 말하고 입실 절차를 밟던 중 카운터 안에 있는 <조선일보>가 눈에 들어왔다. '3·1절 특사'라는 글자와 지현 오빠의 얼굴사진. 심장이 세게 꼬집힌 것처럼 아파왔다.

"아줌마, 신문." 하고 손을 내밀었다.

1면 하단에 「3·1절 특사로 재일교포 지 씨 등 22명의 '좌익 수감자'를 포함한 1,111명 특별가석방」이란 제목이 보였다. 관자놀이의 혈관이 불뚝불뚝 소리를 냈다. 본문을 따라가며 아버지의 이름을 찾고 찾고 또 찾았다 — 없다. 다시 한 번 손가락으로 글자를 일일이 짚어가며 찾았다. <석방>란에는 없었다. <형기 반감>란에도 없다. <감형>란 조차에도 없었다. 아버지가 무기한 단식에 들어갈 게 불 보듯 뻔했다. 나는 앞으로 벌어질 가장 두려워했던 사태가 초읽기에 들어간 느낌이었다. 시한폭탄의 스위치가 켜졌다. 현실이 될 것도 같고 어쩌면 일어나지도 않은 결말에 대한 전율이 온몸을 휘감았다.

"왜 그래, 속이 안 좋은 거야? 무슨 나쁜 뉴스라도 있어?"

아줌마가 걱정스레 묻는다. 고개를 가로저으며 돈을 지불하고 열쇠를 받았다. 조금 더 신문을 살펴보고 싶다고 하니 방에 가져가도 좋다고 했다.

다음날 아침 일찍 고속버스를 타고 대구로 내려가 할아버지, 할머니와 정문에서 만나 함께 교도소 안으로 들어갔다. 이미 아버지는 특사처리 결과를 알고 있었다. 두 분이 계셨기에 구원운동 일은 별로 말하지 않았다. 그런데 그것이 오히려 다행이었는지도 모른다. 낙담을 내비치지 않으려는 아버지가 애처로웠다. 그러면서도 '각지에 있는 구원회에서 왜 다른 정치범은 석방하지 않느냐고 거세게 항의해 주길 부탁 한다'고 했다.

"단식은 안 할 테니까 걱정 마라. 지금 형세가 좋지 않아서 말야. 노태우대통령의 방일문제가 남아있다. 그게 앞으로 큰 고비다. 아버지는 큰 방침밖에 보이지 않으니까 세세한 일들은 네게 부탁하마."

면회를 끝내고 할아버지 댁이 있는 풍각으로 향했다. 포장이 안 된 산길은 앞좌석을 단단히 붙잡고 있지 않으면 속이 울렁거릴 정도로 흔들렸다. 버스에 앉아 자갈 때문에 울퉁불퉁한 길을 돌고 돌아서 종점까지 가야한다. 거기서 택시요금을 흥정해 조금 더 산골로 들어가 간신히 아버지 생가에 도착했다.

나는 할아버지 집에서 텔레비전으로 방영된 지현 오빠의 석방기자회견을 보았다. 다음날 나는 어머니에게 짧은 편지를 썼다.

잘 지내죠?

지현 오빠의 기자회견은 역사적이었어요. 같은 땅에 있다고 생각하니 감개무량해요. 오빠를 만나는 건 아직 어렵지만 정말 자랑스럽게 생각해요.

난 할아버지 집에 있어요. 오늘은 한 달에 한 번 장이 서는 날이라 정신없이 빠르게 적어요. 우체통이 있는 마을로 내려가지 않으

면 언제 편지를 보낼 수 있을지 몰라서 버스를 기다리며 쓰고 있어
요.

우표를 사는데 아버지를 가르치셨다는 선생님을 만났어요. 아버
지가 그 분의 첫 제자인데 무척 똑똑했다는 말씀을 하셨어요. 그
얘길 듣고 나도 기뻤어요.

할아버지는 별로 말씀이 없으셔서 불안하긴 하지만 식사는 잘 하
시니까 안심해요.

난 앞으로 일주일간 여기 있을 거예요. 그 후에는 고모 댁, 그리
고 서울로 가요. 말을 배울 수 있어서 좋긴 한데 이곳 사투리가 아
닌가 싶어 조금 걱정돼요.

벌써 3월인데 이곳은 아직 너무 추워서 빨간 눈사람이 된 거 같
아요. 이 말은 빨간 추리닝을 겹쳐 입고 있는 나를 보고 할아버지
가 하신 말이에요.

그럼, 또 연락 할게요.

환한 조명을 받으며 내외기자들로부터 질문공세를 받고 있는 지
현 오빠와 캄캄하고 냉랭한 감방에 있는 아버지를 어떻게 정리해
야 좋을지 모른 채 글자를 써내려갔다. 하지만 그런 걸 어머니에게
적어 보낸들 걱정만 시킬 뿐인데다 편지 첫머리에 적은 말은 진심
이었다.

그건 그렇고, 지금 할아버지 집에 있는 개는 몹시 얄미웠다. 잔소
리꾼인 대구교도소 '뚱보 간수' 같다. 할아버지 집에 있는 개는 올
때마다 바뀌었다. 처음에는 정말 이상했는데 드디어 이유를 알았
다. 개는 애완동물이 아니라 닭과 마찬가지로 가축이었다. 3년쯤

전에 키우던 붙임성 있고 정말 똑똑했던 개의 이름을 물어보자 할 아버지는 철학자처럼 위엄 있게 선언하셨다.

"개는 그냥 개다."

이 다음에 왔을 땐 귀여웠던 그 개는 온데간데없고 또 다른 개가 있었다.

단식투쟁은 하지 않겠다고 한 아버지는 지현 오빠가 석방된 다음 날 단식을 선언하고 교도소장과 면담을 요구했다. 나는 이 일을 풍 각에서 일주일을 보내고 일본으로 돌아가기 전날 일반면회 때 알 았다.

"무슨 수를 써서라도 나가고 싶은 기분에 단식투쟁을 시작한 게 아니다. 지 군 혼자만 나가고 아버지와 다른 사람들은 남은 것에 항의하는 의미와 확실히 해두어야 할 일이 있기 때문에 소장을 만 나려고 단식에 들어간 거야. 소장을 만나는 일은 몹시 어렵지만 단 식시작 이틀째 요청해 나흘째 되는 날 만나줬다는 건 당국도 아버 지를 무시하지 못하기 때문이라고 판단했어."

아버지가 소장에게 따진 건 무기로 감형된 날부터 8년이 지나야 만 석방된다는 기준이 있냐는 것. 즉 석방기준이 모순투성이라는 항의였다.

나는 이 면회를 마지막으로 거의 한 달간 한국에서의 일정과 활 동을 마치고 일본으로 돌아갔다.

일본으로 돌아와서 놀랐던 일은 침체되었던 구원운동 분위기가 몹시 긴장된 분위기로 바뀐 것이었다. 그 긴장감의 원천이 어머니였다. 어머니가 달라진 이유는 한국에서 혼자 돌아온 막내 동생의 보고를 들은 후부터였다.

"아버지가 무기한 단식을 하겠다고 선언했다며. 한시라도 빨리 나오고 싶은 아버지 심정이야 여태까지 느낀 것 이상으로 알게 됐지만 제대로 아는 게 아니었어. 20년이라는 만기가 정해 있으니 무리하지 않아도 된다고 생각했으니까. 이제까지는 아버지의 상태를 네 얘기로만 들었지 내가 직접 만나진 못했으니까 제대로 헤아리지 못하고 어느 사이엔가 익숙해진 거야. 그런데 막내가 예사롭지 않은 얼굴로 '아버진 죽을 각오를 하고 있어요, 어머니. 진짜로 무기한 단식에 들어가면 아버지는 절대 포기 안 할 거예요. 석방되든가 죽든가 둘 중 하나예요.' 하더구나. 이번엔 심상치 않다. 정신 차리지 않으면 안 된다 싶었다."

어머니는 매일같이 의원회관을 찾아가 아버지 석방을 위해 도와줄 것을 호소했다. 그 일은 내가 돌아온 뒤 한층 더 박차를 가해 매달렸다. 어머니가 비운 가게는 '오빠'와 막내가 필사적으로 커버하고 있었다. 나는 직장동료와 함께 대학은사인 미네기시 선생님과 타야마 선생님께 부탁해 대학교수나 문화예술인, 고교 교사 등으로부터 즉시석방을 요구하는 탄원서에 서명을 받느라 분주했다.

눈 깜짝할 사이에 한 달이 지나갔다. 나는 다시 한국으로 갔다. 마침 노태우대통령의 일본방문이 발표된 때였다. 서울에서 늘 해왔던 활동을 마치고 서둘러 대구로 내려갔다. 아버지가 마음에 걸렸기 때문이다.

첫 번째 특별면회 때 최근 일본에서 벌이고 있는 운동에 대해 보고하자 아버지는 큰 힘을 얻은 것 같았다. 특히 미네기시 선생님과 타야마 선생님이 서명모집에 얼마나 애를 써주셨는지 알려드렸다.

"네가 고생하니까 분명 그 열의를 아시고 도와주신 거야. 도와주신 분들의 마음을 소중히 여겨야 해. 그런 투쟁이 없는 한 아무 것도 타개할 수 없는 거야."

나는 아버지의 이 말에 움찔 놀랐다. 무기한 단식투쟁에 들어갈 기회를 가늠하고 계신 거다. 틀림없다.

그로부터 3일 후 일반면회 때 아버지는 이렇게 말했다.

"만기까지 얌전히 기다릴 재간도 없고 의욕도 시든다. 아버지를 믿어주지 않으면 운동도 성과를 얻지 못할 거야. 면회하는 네가 아버지 의사를 정확하게 외부에 전해줘야만 해. 희망은 있다. 하지만 말이나 편지로 전할 수 없는 부분을 잘 헤아려주길 바란다."

고개를 떨구고 말았다. 말이나 편지로 전할 수 없는 부분이란 승부를 걸겠다는 뜻이다. 나는 어찌하면 좋을까. 어느 누가 아버지에게 단식투쟁을 하지 말라고도, 단식투쟁을 해야 된다고도 말할 수 있을까!

다시 그로부터 4일이 지난 면회 날. 특별면회가 허가되지 않아 일반면회를 했다. 교도소 분위기가 심상치 않았다.

아버지는 속삭이듯 말했다.

"폭행사건에 항의해 정치범 전원이 간헐적으로 단식투쟁에 들어갔다."

"정말? 아버지는요?"

'아직'이라고 작게 말한 뒤 다시 평소 목소리로 말했다.

"장기적으로 대비해야 될 것 같아. 침착하게 준비하면서 지낼 생각이다. 정세변화가 폭발적이라 어떻게 달라질지 몰라. 그렇더라도 동정을 사는 운동은 하지 말고 당당하게 싸우기 바란다. 서명을 모으는 것도 죽을 각오로 하지 않으면 소용없어. 네가 쓰러지면 아버지는 여기서 죽는다는 각오로 싸울 테니까 바깥에서 벌이는 운동에 힘을 쏟아주면 좋겠다. 나갈 때까지 기다릴 게 아니라 적극적으로 나서야 해. 인간만이 가진 강한 의지로 조선인으로서 당당하게 아버지의 딸, 아들로서 수동적 투쟁이 아닌 성취감을 맛볼 수 있도록 적극적으로 운동에 나서주길 바란다."

이 면회를 한 다음날 나는 서울을 경유해 저녁때 김포공항에서 이륙하는 비행기로 일본에 돌아왔다. 기내에서 아버지를 무기한 단식투쟁으로 내몰지 않게 하기 위해 어떻게 하면 좋을지 온통 그 투쟁방법만 고민했다. 서명운동 확대, 대규모 집회, 외무성과의 교섭…. 아버지는 타이밍을 노리고 있었다. 어떻게 해야 좋을까….

안채로 올라가는 외부계단을 오르는 발소리를 알아차린 어머니가 현관에서 나왔다. 나를 맞아주는 경우는 흔치 않았다. 게다가 표정이 심상치 않다.

"아버지가, 무기한 단식에 들어갔대. 저녁때 고모한테 전화가 왔어."

"역시…."

일본외무성 야마나카 장관과 직접면담을 하는 자리가 만들어졌다. 아버지가 단식투쟁에 들어간 것이 위기감을 극한으로 끌어올려 구원회를 움직이게 했고, 재일한국인정치범을 지원하는 국회의원 간담회에서 외무성을 강하게 압박해 실현된 것이었다. 나는 가족을 대표해서 마츠시마 목사님을 비롯한 구원운동 관계자와 외무성으로 들어갔다. 아버지가 음식을 거부한지 열흘째였다.

대구에서는 고모가 여러 차례 교도소로 불려갔다. 고모에게 단식투쟁을 멈추도록 아버지를 설득하라고 강요했다. 하지만 이것이 '죽음을 각오한 단식'을 벌이는 아버지의 상황과 진의를 전달하는 계기가 되었다. 아버지는 노태우대통령의 방일시기를 목표로 정하고 동료와 둘이서 단식투쟁에 들어간 것이다. 이전에 말했던 것처럼 죽음을 각오한 단식투쟁은 소수인원이어야 된다는 철칙에 따랐다.

'노태우대통령은 재일정치범을 석방하지 않고는 일본에 오지마라. 만약 이 요구를 받아들이지 못하겠다면 나를 시신으로 여기서 내보내라. 만약 내가 죽으면 대통령의 일본방문은 흙탕물을 뒤집어 쓸 것이 자명하다. 나는 목숨을 걸고 불의·부정한 정권에 일격을 가한다.'

이것이 아버지의 요구이자 결사투쟁의 목적이었다.

소학교 교실 정도로 넓은 외무성장관 집무실. 정면 소파에 야마나카 장관이 앉았다. 누군가가 나를 소개한 것 같았다. 외무성장관의 안경 속 눈동자가 나를 관찰한다. 나는 줄곧 한 가지만 생각했다. 그건 입에 담는 것조차 두려운 일이다. 마츠시마 목사님이 이야기를 시작하자 외무성장관의 시선은 나에게서 벗어났다. 하지만 무슨 이야기가 오가는지 전혀 들리지 않는다. 누군가 다시 나를 주목하게 했는지 외무성장관이 이쪽을 보고 있다. 내 무릎을 누군가 쿡 찌른다. 그쪽을 쳐다보자 옆에 있던 나베시마 씨가 말했다.

"숙아, 네 차례야."

"제가 얘기 합니까?"

"그래, 자, 어서." 마츠시마 목사님이 말했다.

"… 아버지가 죽습니다."

'죽습니다.' 라는 내 목소리가 들리는 순간 내 안에서 무언가가 터지는 것 같았다. 아버지의 죽음이 현실이 되어 다가왔다. 아버지가 죽습니다… 야마나카 장관의 모습이 일그러져 보였다. 눈물이 흘러 뺨이 따가웠다. 하지만 고개를 숙여서는 안 된다.

야마나카 장관의 눈이 휘둥그레지더니 순식간에 얼굴이 시뻘겋게 달아올랐다. 장관이 눈앞에 있는 수화기를 집어 들었다. 아버지의 이름을 말하고 "이 사안에 관해 주일한국대사에게 문의할 수 있게 조치해주게. 대응을 위해 속히 회의를 소집하도록." 라고 지시했다. 그리고 내게 말했다.

"외무성에서도 아버지의 생명을 지키기 위해 전력을 다하겠습니다. 약속합니다."

시간과의 싸움이 시작되었다. 아버지가 감옥에서 죽거나 아니면 석방되거나. 노태우대통령은 일주일 후 일본에 온다. 날마다 고모한테서 전화가 걸려왔다.

"아버지가 단식을 그만 둘 기미가 전혀 안 보여. 하지만 기력이 약해진 건 확실히 알 수 있어."

단식 12일째, 정해진 시간에 고모한테서 연락이 없다. 이쪽에서 전화를 해도 아무도 받지 않는다.

"무슨 일이 벌어진 게 틀림없어."

어머니가 동요하기 시작했다. 내가 구원회 관계자의 연락처 일람

표를 들고 와 전화 앞에 앉았을 때 전화벨이 울렸다. 고모였다. 어머니에게 수화기를 건넸다.

"심장마비, 옛? 심장발작을 일으켰다고요? 여보세요."

어머니는 긴 통화를 했다. 그리고 수화기를 내려놓았다.

"가벼운 심장발작을 일으켰대. 교도소에서 연락이 와서 서둘러 가느라 연락을 못했다고. 일단 진정이 되었고, 단식은 계속 하고 있단다."

아버지의 단식은 2주째로 접어들었다. 노태우대통령의 방일까지 앞으로 3일. 아버지가 단식을 하고 있어도 우리들은 꼬박꼬박 밥을 먹고 배에 힘을 축적해 일상을 보내야 했다. 아버지를 돕기 위해서라도.

어머니는 줄곧 아래층 가게에 내려가 있었다.

수업교재 준비가 일단락되어 슬슬 점심준비를 하려던 참이었다. 전화벨이 울렸다. 식구들 모두 전화를 두려워했다. 그리고 또 전화를 기다렸다. 심장이 고동치고 손끝이 떨렸다.

"もしもし、こちらは韓国大使館です(여보세요, 여기는 한국대사관입니다)."

차분하고 거의 표준어에 가까운 일본어다.

"아버님이 오늘 저녁 7시에 석방됩니다. 축하드립니다."

이 말만 하고 곧바로 전화를 끊었다.

아버지가 석방된다! 아버지가 살아있어!

"어머니ㅡ!"

나는 방에서 뛰쳐나갔다.

* 내용 중 타야마 선생의 편지부분은 야마다 쇼지 씨의 『서승 씨 석방까지 최근 한국정국의 움직임』(서씨 형제를 지키는 모임 「서씨 형제 구원보고」 No.46, 1990.3.10)을 토대로 야마다 씨의 승낙을 얻어 소설의 흐름에 맞춰 문장과 문체를 수정하고 일부 문장을 추가했다.

미루나무

서울에서 열리는 <2005년 자주평화통일을 위한 8·15민족대회>에 가족 4명 모두 참가하기로 정한 것이 한 달 전이었다. 6·15민족공동위원회가 주최하는 이 축전에는 6월 평양에 이어 남과 북 그리고 해외동포대표단이 참가하기로 결정되었다.

"가야지—"

남편은 단단히 맘먹고 있었다.

"애들한테 한국의 통일열기를 느끼게 해주고 싶어. 축전 일정이 끝나면 대구로 내려가 양쪽 친척을 찾아뵙자고."

나의 두 아들은 조선학교 중급부 1학년과 초급부 5학년이다. 조선학교에서 배운 조선말은 한국에서 통하지 않는다고 말하는 사람도 있다. 하지만 거의 못하는 나보다 훨씬 나을 게 분명하다. 한국 국적으로 조선학교에 다니는 아이들이 서울에서 열리는 통일행사에 참가한다. 정말 뜻 깊은 일 아닌가. 내 기분은 오늘 아침 베란다에서 보았던 적란운처럼 뭉게뭉게 부풀었다.

조국방문이라고는 하지만 가족 넷의 해외여행이라 비용도 걱정이었다. 하지만 남편의 제안에 이의는 없다. 아버지가 민족대축전의 해외대표단으로 참가하는 것도 결정되었다. 그리고 공식참관 장소에는 서대문형무소역사관도 들어있었다.

서울에 있는 그 구치소? 그곳인 걸 알았을 때 심장이 철렁 내려앉았다. 아버지가 확정사형수가 되어 8년을 지낸 곳. 내가 6년 만에 처음으로 아버지를 면회한 곳. 인간의 모든 분비물과 배설물의 악취가 덮쳐와 공포로 위축되는 구치소 구내. 고약하게 구는 간수에게 매달렸던 벽 안쪽. 지저분한 접견실. 특별면회를 한 교무과장 실과 보안과장실이 있는 곳.

그곳에 아버지와 어머니, 남편과 나, 아이들과 함께 가야 한다.

그 생각을 하자 소름이 돋았다. 아직 끝나지 않은 사건이 다시 찾 아온 듯 과거가 내 등을 강하게 떠밀었다.

아버지를 면회하러 한국을 오갔던 10년 4개월. 출발하기 며칠씩 전부터 어머니는 가지고 갈 물품을 사서 채비해 두셨다. 어떻게 하 면 한 가지라도 더 넣어갈 수 있느냐로 어머니와 나는 실랑이를 벌 였다. 이-엿차 기합을 넣으며 터질 듯 부푼 가방의 지퍼를 채웠다. 예전에는 많은 짐을 구원회 사람과 같이 들거나 대부분은 나 혼자 들고 가거나 때로는 여동생이나 남동생과 함께 소라게처럼 등에 지고 야지로베 인형처럼 양손에 가득 들고 공항으로 향했다.

아버지를 따라 부관연락선을 타고 현해탄을 건넜던 1972년 여름. 그땐 남동생도 함께였다. 그때가 첫 한국행으로 소학교 5학년 때 다. 아버지가 김포공항에서 국군보안사령부에 연행된 것은 2년 후 인 1974년 4월. 나는 중학교 1학년이었다. 그로부터 6년이 지나 아 버지를 면회하러 두 번째 한국행. '서울의 봄'이었던 3월 끝 무렵에 야 간신히 아버지를 만났다. 나는 대학생이 되어 있었다. 한 달 보 름 후인 5월, 광주학살 — 광주민주항쟁 뉴스에 전율했다. 전두환 군사독재정권과 민주세력이 삐걱대며 부딪히는 소리도 공기도 서 울구치소와 대구교도소에서 면회를 갈 때마다 똑똑히 듣고, 깊숙 이 들이마셨다. 두 나라를 오가며 민주화되어가는 한국사회를 피 부로 느껴왔다.

아버지가 석방된 날은 1990년 5월 21일. 내가 한국을 오가기 시작해 정확히 10년이다. 스물여덟 살 때였다. 하지만 거기에 덤이 붙으리라고는 생각지도 못했다.

아버지는 감옥에서 주사기로 감염된 만성 C형 간염을 앓고 있었다. 석방을 요구하는 무기한 단식투쟁으로 체력을 소진한 상태였기 때문에 병세가 급격히 악화되었다. 6월에 대구 파티마병원에 응급 입원했고, 가족이 있는 일본에서 본격적인 치료를 하기로 해 서둘러 일본으로 돌아올 준비를 했다. 한국정부는 체류장소를 일본 국내로 제한한 여행증명서=임시여권을 6월 22일에 발급했다. 유효기한은 9월 22일까지로 3개월. 이 여권으로 6월 25일, 서울에 있는 주한일본대사관에 비자를 신청했다. 그런데 일본법무성이 비자발급 조건으로 아버지가 정치범인 것을 증명할 판결문을 제출하라고 요구했다. 일본법무성의 논리는 일본의 국익에 해가 없음을 확인하기 위해서라고 했다. 아버지는 하지도 않은 일이 적힌 터무니없고 부당한 판결문 따위 제출할 수 없다며 거부했다. 비자발급 수속은 멈추고 말았다. 병세는 나아지지 않았고 시간만 흘러갔다. 간신히 감옥에서 벗어났건만 가족들의 초조함은 극에 달했다.

"돌아온 정치범은 모두 판결문을 번역해서 제출했잖아요. 고집 부리지 말아요. 안 그러면 돌아올 수 없다니 어쩔 수 없잖아요."

어머니는 강하게 설득했다.

"자존심 문제야."

하지만 아버지는 의지를 꺾지 않았다.

나의 한국행이 다시 부활했다. 6월, 또 7월 말부터 8월 중순까지. 임시여권 유효기한이 다가온 8월말부터 어머니와 구원회가 국회의원에게 적극 요청해 법무성과의 교섭이 본격적으로 시작되었다. 기한만료가 초읽기에 들어간 9월 17일부터는 연일 교섭을 벌였다. 그날은 법무성이 외무성에 요청해 아버지가 정치범임을 증명할 수 있는 자료를 받도록 노력하겠다며 겨우 양보의 조짐을 내비쳤다.

나는 교섭을 주시하면서 아버지와 함께 일본으로 돌아오기 위해 9월 18일에 한국으로 떠났다. 구원회 사람들과 의논해서 아버지가 일본으로 돌아오는 날짜를 임시여권 유효기간 마지막 날인 9월 22일로 정하고 나선 일정이었다. 돌아오는 비행기는 일단 내 좌석만 예약했다. 저가의 노스웨스트 항공으로. 그날 아버지와 함께 김포공항에서 노스웨스트 비행기 트랩에 오를 수 있을지는 예단하기 어려웠다.

10년 동안 계속되었던 한국행은 항상 불안을 안은 채였다. 단 한 번의 예외는 아버지가 석방된 다음날 한국행 비행기에 올랐던 그 때 뿐이다. 나리타공항에서 출발하기 전, TV 취재팀이 아버지를 만나러 가는 나를 취재했다. 어수선한 출발로비에서 어머니가 내 어깨에 손을 얹으며 기자들에게 들리지 않도록 속삭였다.

"손가락 사이즈는 10호야."

한국에서 반지를 사다 달라는 얘기다. 16년이나 고생한 자신에게 주는 선물? 응, 알았어요. 둘이서 웃었다. 어머니의 눈동자가 흡족한 듯 반짝였다.

이륙한 비행기의 급상승으로 온몸이 좌석에 밀착되자 그날 기억이 문득 떠올랐다. 한국의 감옥에서 나오니 이번엔 일본정부가 아버지를 한국에 가둬놓으려 한다. 인간이란, 언제나 어딘가에 갇힌다. 눈과 콧속이 찡하게 아파왔다. 파티마병원을 16일에 퇴원한 아버지는 풍각 할아버지 댁에서 나와 함께 비자가 나오기를 기다렸다.

내가 한국으로 출발하던 날 법무성은 외무성에서 보내 온 자료가 불충분하기 때문에 다시 판결문을 제출하라고 했다. 판결문을 제출해야 할 법적근거는 없으나 관행이라며 여죄가 있을지도 모른다고까지 말했다. 어머니는 분노를 삭이지 못하고 "우리 남편은 아무 잘못도 하지 않았어요."라고 소리쳤다. 살벌하게 날이 선 분위기 속에 법무성이 내부적으로 검토하겠다며 자리를 떴다고 한다. 이런 상황을 간신히 도착한 풍각 집에서 아버지에게 전해 들었다.

기다릴 수밖에 없는 19일은 긴 하루였다. 초조함을 떨쳐내려고 할머니 몸빼를 빌려 입고 아버지와 함께 할아버지의 밭일을 거들기도 했다. 하지만 일본에서 올 연락에 온 신경이 쏠려 일이 손에 잡히지 않았다. 해가 질 무렵 짐을 꾸리고 있을 때 어머니한테서 연락이 왔다. 법무성내 협의가 끝나지 않아서 오늘은 결론이 나기 어렵다고 했다.

일본에 들이지 않을 속셈이라며 아버지가 나직이 중얼거렸다. 얼굴이 벌겋게 달아올라 있었다. 아버지는 화를 참고 있었다. 이런저런 수속과 준비를 역산해보니 내일까지 비자가 나오지 않으면 임시여권 기한이 만료되어 쓸 수 없게 된다.

우리가 풍각 집에 머무는 건 일단 오늘이 마지막이다. 비자가 나오든 나오지 않든 다음날 서울로 가기로 했다. 그날 밤 아버지 형제들과 친척들이 모여 식탁에 둘러앉아 길고 힘들었던 16년간의 기억을 돌아보며 울고 웃었다.

다음날 이른 아침, 아버지와 나 그리고 고모가 대구 버스터미널에서 고속버스에 올랐다. 고모가 동행한 건 아버지가 일본으로 가게 되면 배웅을 위해서다. 비자가 나오지 않으면 아버지와 둘이 다시 대구로 돌아오기 위해서다. 그동안 서울-대구를 왕복할 때 기차보다 고속버스를 타는 때가 많았다. 버스 트랩에 발을 올리자 이번이 마지막일지도 모른다는 감개무량함과 마지막이 되었으면 좋겠다는 바람이 눈물샘을 자극해 슬쩍 눈물이 날 것 같았다. 고속버스 창밖으로 보이는 풍경은 일본과 별반 다르지 않다. 때문에 자주 버스 안에서 잠이 들었다. 하지만 그날은 창밖풍경에 시선을 고정한 채 수많은 기억이 떠오르고 사라지는 대로 몸을 맡기며 서울에 도착했다.

점심때가 지나 호텔 체크인을 한 후 일본으로 연락해보니 점심 전부터 법무성과 외무성이 합동협의를 하는 중이라고 했다. 오늘이 데드라인. 어차피 기다리는 수밖에 없었다. 고모와 딱히 나눌 이야기도 없었다. 이른 아침부터 나선 여정으로 고단했기에 침대에 누웠다가 어느새 잠이 든 것 같았다. 전화벨이 울리는 것 같았는데 고모가 나를 흔들어 깨우며 '숙아, 일본에서 온 전화야.' 라고 말했다.

"비자가 나온대! 내일, 일본대사관에 가면 받을 수 있게 해두겠대!"

판결문을 제출하지 않고도 일본으로 갈 수 있게 되었다. 우리가 다시 벽을 무너뜨렸다….

전화를 끊고 곧바로 노스웨스트 항공에 연락해 아버지의 좌석을 예약했다. 어려움 없이 자리를 확보할 수 있었다. 한국행을 시작했을 때만 해도 아버지와 함께 일본으로 돌아가는 비행기를 탄다는 건 상상도 할 수 없었다. 스물아홉 살 생일이 다가와 있었다.

　그로부터 15년의 세월이 흘렀다. 이번에는 한민수의 아내가 되어 두 사내아이의 엄마가 되어 한국으로 간다.

"한 서방 시간 괜찮은 날이 언제쯤 될까? 확인해서 연락 다오."

　한국으로 출발하기 2주 전, 아버지에게 함께 식사를 하고 싶다는 전화가 왔다. 남편은 한국계 민족단체에서 전임으로 일한다. 기관지를 담당하고 있어서 발행일이 다가오면 시간을 내기 어려웠다. 그걸 감안해서 물으신 것이다. 남편은 내일이나 모레쯤이면 괜찮다고 했기에 여유 있게 모레 집으로 가겠다고 전화했다.

　각 역마다 서는 전차로 우리 집에서 두 정거장. 역 앞 로터리에서 조금 떨어진 삼거리 옆 작은 파친코. 나의 친정이다. 특유의 전자음과 당첨을 알리는 소리가 유선방송에서 흘러나오는 가요와 뒤섞여 사람들이 드나드는 자동문이 여닫힐 때마다 밖에까지 들려왔다가 이내 작아진다. 소음과 함께 에어컨의 냉기, 담배와 바닥에 칠한 왁스냄새도 풍겨온다. 그것들이 그리움을 불러와 마음을 간질거린다. 오늘은 올여름 가장 더운 날이라는 일기예보가 있었다. 나오는 길에 슈퍼에서 산 차가운 수박 한 통을 들고 걷는다. 전차 안 냉방에 식었던 땀이 순식간에 배어나왔다. 가게 공조실외기가 뿜어낸 열풍이 휘도는 골목 옆 계단을 올라가 복도 맨 끝 현관문을 열었다. 약한 에어컨 냉기에 섞여 김치전과 지짐이를 부친 참기름 냄새가 났다.

"한 서방이랑 애들은?"

　남편과 아이들을 물으며 현관 바로 옆 가스레인지에서 어머니가 음식을 만들고 있다. 냄비 안에는 뼈가 붙은 갈비찜이 들어있고 벌써 여러 번 골고루 뒤적인 것 같았다.

"명수는 곧 오지 않을까. 초급부 동아리는 중급부보다 빨리 끝나니까."

"여름방학인데도 안 쉬는 거냐?"

허리를 굽혀 불을 조절하면서 어머니가 묻는다.

"응, 영수는 1시간 쯤 지나면 올 걸? 한 서방은 7시쯤 될 거라고 전화가 왔으니까, 애들 먼저 먹여서 집으로 보내도 될 것 같고. 그래야 느긋하게 얘기할 수 있잖아요."

오늘을 위한 음식재료와 맥주, 아버지가 먹는 약 등으로 들어갈 틈이 없는 냉장실을 포기하고 반으로 자른 수박을 야채실에 넣으려고 하자 어머니가 이쪽으로 온다.

"무거운데 너도 참. 안 사와도 되는데. 들어갈 자리가 되나?"

"반은 종업원들 갖다 주려고. 아버지, 수박 드실 거죠?"

부엌 앞에 있는 7평 남짓한 사무실 겸 거실을 향해 묻자 바둑 토너먼트 비디오에 열중하던 아버지가 나와 눈이 마주치고는 웃음을 지으신다.

"숙이, 왔냐. 바쁜데 미안하다. 한 서방도 고생이겠구먼. 한국출발이 머지않았으니."

"다른 사람들은 그런 것 같은데, 한 서방은 신문 때문에 정신없나 봐요."

TV와 L자형으로 배치된 응접세트 옆 금고 위에는 가게 안을 구석구석 비추는 방범카메라의 6분할 영상모니터가 놓여있다. 아버지는 수박이 아주 시원하다며 입 안 가득 베어 물었다.

"어머니도 출발 전 준비로 바쁠 텐데, 괜찮겠어요? 여자들은 세세한 것까지 두루 두루 살펴서 세 걸음 앞까지 감안해 준비하니까 날짜가 그리 많이 남은 게 아니에요."

"그런가, 네 어머니한테 미안한 걸. 할 이야기가 있기도 해서. 뭐, 다 같이 즐겁게 맛있는 걸 먹자는 게 젤 크지. 온 가족 한국여행 사전모임으로 하면 좋지 않을까."

"할머니, 안녕하십니까."

현관에서 아직 변성기가 오지 않은 사내아이의 낭랑한 목소리가 들려왔다. 흰 반소매 셔츠에 파란 반바지 체육복을 입은 명수가 등에서 가방을 내려놓고 할머니에게 수박을 받아 드는 것이 보였다.

아이들이 아빠를 기다리겠다고 해 조금 늦은 식사가 시작되었다. 폭이 좁은 응접테이블에는 큰 접시에 수북이 담긴 갈비찜을 중심으로 배추와 무김치, 무와 소송채를 넣은 물김치, 콩나물과 시금치와 고사리나물, 명태와 소고기 전, 풋고추랑 부추, 해물을 넣어 부친 지짐이 그리고 밥과 고깃국이 틈새 없이 놓여있다.

"당신이랑 숙이도 이쪽으로 와서 앉아. 건배하자. 한 서방한텐 큰 잔으로 줘라. 맥주를 꿀꺽꿀꺽 마시려면 이런 작은 잔으론 안 돼."

남편에겐 큰 글라스를 애들에게는 주스 잔을 건넨다. 테이블엔 마실 것을 놓을 자리조차 없다.

아이들에게 흘리지 않도록 주의를 주는 사이 아버지가 맥주를 따르려던 남편에게서 병을 뺏어 오늘은 자네가 손님이니 먼저 받으라며 넘실넘실 맥주를 채웠다. 나는 아버지에게 맥주병을 받아 아버지와 어머니에게 따랐고 남편이 내 잔을 채웠다.

"아버지, 건배 제의 하셔야죠." 남편이 재촉했다.

"그럼, 이번 여행을 무사히 다녀오길 바라며, 건배!"

"건배—!"

잔이 부딪히고 한 모금 마실 사이를 두고 박수가 이어졌다. 기다렸다는 듯 영수가 "잘 먹겠습니다!" 하고 소리친다. 고기를 좋아하는 영수는 할아버지가 먼저 갈비찜에 젓가락을 대시길 기다리고 있다. 어머니가 갈비와 밤, 당근과 은행을 집어 아버지의 앞 접시에 덜어놓자마자 뼈가 붙은 갈비를 밥 위에 올리더니 한입에 넣는다.

"맛있네!" 작은 소리로 말하고는 이내 입 안 가득 밥을 떠 넣었다.

"많이 먹어라. 명수는 채소를 좋아하지. 나물도 김치도 맛있지?"

손자들의 왕성한 식욕을 흐뭇해하며 어머니가 말했다.

"이 갈비는 고기를 물에 담가 핏물을 빼서 만든 거라 누린내가 전혀 안 날 거야. 소스에 사과와 배도 갈아 넣었고 단맛은 꿀로 냈어. 손을 안 써도 뼈가 발라질 거야. 자, 한 서방도 어서 들게나."

어머니의 재촉에 갈비를 한 입 베물었다. 고기가 스스르 뼈에서 떨어진다. 육즙이 입 안에 퍼지고 고기 맛을 돋우는 상큼한 단맛이 입 안에 남았다.

"절묘한 맛이네, 어머니."

"정말 맛있습니다."

남편도 한 마디 한다. 아버지가 그이에게 연이어 맥주를 권한다. 술을 좋아하니 평소보다 잔을 비우는 속도가 빨랐다. 주의를 줘야할 타이밍이다.

"여보, 천천히요. 아버지도 한 서방한테 너무 권하지 마요."

"그러면 좀 어때. 오늘 밤은 마시고 그냥 자면 되지. 너도 한 서방한테 맞춰 줘."

나는 하는 수 없이 남편의 잔에 맥주를 따라주며 천천히 마시라고 다시 주의를 주었다.

아이들은 평소 이상으로 식욕이 도는지 밥을 더 달라했고 어머니가 껍질을 깎은 복숭아와 포도까지 다 먹었다. 따분해진 영수가 텔레비전을 보고 싶어 했지만 할아버지와 이야기를 나눠야 한다며 그만두게 했다. 그러자 같은 학교에 다니는 근처 사촌 집에 놀러가도 좋은지 묻는다. 전화를 걸어보니 애들 고모가 괜찮다고 한다. 고모에게 아이들을 적당한 시간에 돌려보내라고 부탁했다.

아이들이 나가고 나자 학교와 동무들 얘기가 중심이었던 식탁의 대화가 멈추었다. 아버지는 밥과 고깃국을 드시기 시작했고 남편은 국물만 달라며 다시 맥주잔을 들이켰다. 아이들 속도에 맞춰 식사를 마친 나는 새로운 막이 시작된 것 같은 침묵 속에 문득 떠오른 기억을 꺼내 들었다.

"아버지, 서울구치소에서 면회 도중에 화를 내고 들어가 버리셨던 일 기억해요?"

"기억하지. 그런 일은 이전에도 이후로도 없었으니까."

아버지가 쓴웃음을 짓는다.

"무슨 일이 있었는데." 호기심 어린 눈으로 남편이 나를 본다.

"여하튼 그날은 이상했어." 무심코 웃고 말았다.

"뭐야, 왜 혼자 웃어. 빨리 얘기 해 봐."

남편은 잔 바닥에 남은 맥주를 비우더니 직접 자기 잔을 채우고 내 잔에도 맥주를 따랐다. 나는 일부러 애태우려고 느릿느릿 잔을 입으로 가져가 약간 씁쓸한 액체로 목을 축인 후 모두를 돌아보았다. 아버지가 웃고 있다.

"그러고 보니, 그 날이 언제였는지도 확실히 기억났어요."

······면회를 다니기 시작한 지 3년째인 1982년. 3·1절 특별사면을 기대하고 2월말에 한국에 갔는데 3·1절 특사발표가 없어서 낙심했다. 첫 번째 면회는 특별면회가 되지 않아 20분간의 일반면회를 했다. 접견실의 지저분한 아크릴판을 사이에 두고 아버지의 건강상태와 식구들의 상황을 얘기하는 것만으로도 시간이 다 되었다. 민단 서울사무소를 찾아가 아버지와 특별면회를 하도록 도와달라 부탁하고 변호사님을 찾아 갔더니 전두환대통령 취임1주년이라 대대적인 특사가 있을 거라고 했다. 지금 대통령은 광주학살과 심한 탄압으로 인기가 없어서 김대중 씨를 감형하는 일로 이목을 끌려고 정치범 감형과 석방을 하려는 것 같았다. 재일정치범 석방도 있을 거라고 했다. 움츠러들었던 기대가 다시 부풀었다. 공휴일인 3월 1일은 면회가 안 되었다. 대통령취임 1주년은 3일이니까 2일에는 분명 발표가 있을 것이다. 아버지의 특사여부와 상관없이 결과를 보고나서 면회요청을 하기로 대구에 있는 친척에게 연락했다. 할아버지가 상경하시는 3일에 특별면회를 강하게 요청해보기로 했다.

서울에 올 때마다 묵었던 여관에서 발표를 기다렸다. 정오 TV뉴스 톱기사로 김대중 씨가 나오고 한자로 특사라는 글자가 보였다. 빠른 아나운서의 말은 알아들을 수 없었다. 특사가 발표된 것은 틀림없었다. 하지만 재일정치범에 대해서는 알 수 없었다. 조급한 마음을 참지 못하고 석간을 사러 종로로 나갔는데 매점에 신문이 나와 있지 않았다. 1시간 정도 거리를 배회하다 첫 번째로 들어간 매점을 살펴보니 신문이 진열되어 있었다. 동아일보를 손에 들고 초조하게 지갑에서 아무 지폐나 꺼내 건넸다. 매점 아줌마가 무슨 말을 했지만 알아듣지 못했다. 분명 화가 난 표정으로 많은 지폐와 동전을 내 손에 거칠게 내밀었다. 내가 건넨 지폐가 만원짜리였나 보다. 매점에서 조금 떨어진 보도 옆에서 신문을 살펴보았다. 톱기사로 「특사, 김대중 20년으로 감형」이라는 글자가 커다랗게 인쇄되어 있다. 나는 '在日' 글자를 찾았다. 소제목이 있고 그 항목에 들어있는 다섯 명 가운데 세 번째에 아버지의 이름이 있다. 이름 옆에 <사형→무기징역>이라고 인쇄되어 있다. 사실일까? 자이니치 확정사형수 다섯 명 모두에게 <사형→무기징역>이 붙어있다! 눈앞이 아른거렸다. 빠른 걸음으로 여관으로 돌아와 어머니에게 전화했다. 그리고 대구 고모 집에도 알렸다. 풍각에 사시는 할아버지는 내일 첫 기차로 서울로 오려고 고모 집에 와 계셨다.

전화로 무슨 얘길 했는지 자세한 건 기억나지 않는다. 어쨌든 재일정치범이 감형되었다는 소식을 알리고 사형집행의 위기에서 벗어난 기쁨을 나눴을 것이다.

다음 날 오전 할아버지와 함께 특별면회를 할 수 있었다. 면회를 하기 전 교무과장은 상당히 조심스레 할아버지와 이야기를 나눴다. 중절모에 바지저고리, 두루마기를 입은 할아버지는 등을 곧게 펴고 고승 같은 표정을 지은 채 말없이 고개만 끄덕이셨다.

아버지가 교무과장실로 오기 전까지 할아버지가 교무과장의 말을 간단히 일본어로 알려주었다. 사형수의 감형은 대통령만 할 수

있는 권한이다. 감형시켜준 전두환대통령의 배려에 부응해 하루라
도 빨리 전향하도록 설득하시오—.

아버지가 왔다. 나는 손을 잡고 "축하해요" 라고 말했다. 어리둥
절한 표정이다. 몰랐던 것이다. 흥분한 나는 내가 알고 있는 만큼
아버지에게 설명했다.

"그게 정말이야?"

흰머리가 더 늘어있는 아버지의 눈이 촉촉해졌고 목소리가 떨렸
다.

"축하하네." 할아버지가 나직한 소리로 말했다.

"감사합니다."

할아버지의 손을 잡은 아버지가 울먹이며 대답했다.

전향 얘기는 슬그머니 피해가며 특사에 관한 일과 가족의 소식을
전하고 있을 때 젊은 간수가 20권 정도의 책을 들고 왔다. 차입품
으로 넣어준 책을 가져가라는 것이었다.

사형이라는 무거운 돌이 치워진 기분을 어떻게 표현하면 좋을까.
늘 머릿속 한편에 사형이라는 단어가 있었다. 그것은 집행이라는
말과 하나였다. 어느 날 갑자기 집행소식이 날아들면 슬퍼할 겨를
도 없이 시신을 수습하러 가야만 한다. 그건 아마도 내가 할 수 밖
에 없겠지. 틀림없이 진절머리가 쳐질 만큼 복잡한 수속 끝에 시신
과 함께 어쩌면 유골을 안고 일본으로 돌아가야 한다. 그런 악몽이
불현듯 떠올랐다. 그 누구보다 억울한 아버지를 제쳐두고 내 고통
을 걱정했다. 그 생각이 들자 진저리가 났다. 이제 이런 상상을 하
지 않아도 되었다. 석방까지는 아직도 멀었다. 하지만 그날 나는
후련한 기분으로 구치소 정문을 나왔다.

다음날도 면회를 와야 했기에 여관에 할아버지 방을 잡아두었다. 택시를 타려고 독립문 앞 사직로와 의주로 교차점으로 향했다. 할아버지의 걸음에 맞춰 천천히 걸었다. 하늘엔 구름 한 점 없고 햇살이 아침의 냉기를 걷어내 봄기운이 느껴졌다.

독립문까지 오자 할아버지는 볕이 좋은 돌담에 말없이 한쪽 무릎을 세우고 앉았다. 이렇게 햇살도 좋고 시간도 넉넉했으니 볕이라도 쪼이시려나 싶어 나도 옆에 앉으려고 했는데, 구치소에서 가지고 나온 책을 꺼내라고 하셨다. 책은 대부분 이와나미 신서(岩波新書)에서 출간된 책들이었고 사륙판(188*130) 책도 세 권 있었다. 모두 일본에서 가져온 책들이다.

어쩌시려는지 묻기도 전에 할아버지는 그곳을 지나던 구치소 면회객으로 보이는 학생 두 명에게 에헴— 하고 기침을 하시더니 "저기, 학생." 하고 말을 걸었다. 책을 보고 가라고 말하는 것 같았다. 둘 다 책을 들고 살펴보다가 한 학생이 네 권 정도를 골라 "얼마에요?"하고 물었다. 그중에 한 권은 에드워드 핼릿 카의 『역사란 무엇인가』였던 걸 기억한다. 학생이 만족해하는 것으로 보아 이곳 시세보다 꽤 싸게 판 것 같았다. 할아버지는 받은 돈을 나에게 주셨다.

그 뒤로도 할아버지는 지나가는 사람에게 정중하게 말을 걸어 책을 팔았다. 무릎을 세우고 앉아 등을 곧게 펴고 고승 같은 표정을 끝까지 유지하신 채로. 그렇지만 하고 계신 건 완전히 투매였다. 한 시간 만에 모든 책을 다 팔았다. 마지막 책은 '그냥 준다'고 하신건지 억지로 떠넘기신다. 다 팔고나자 할아버지는 "가자." 하시며 아무 일도 없던 것처럼 자리에서 일어나셨다.

다음 날 오전, 접견실에서 아크릴판을 사이에 두고 다시 면회를 했다. 아버지는 입을 열자마자 어제 받은 책을 일본에 가지고 돌아가 막내에게 읽게 하라고 말했다. 내가 "팔았는데요."라고 대답하자 눈을 부릅뜨더니 "왜 멋대로 그런 짓을 한 거야." 라고 고함쳤다. 이런 모습은 체포당하기 전에도 보지 못했던 일이다. 깜짝 놀라 "그게, 할아버지가…"라고 말하자 이번엔 할아버지를 향해 한국말로 마구 퍼부었다. 할아버지가 표정변화 없이 조용히 한 두 마디 대답하자 아버지는 벌겋게 상기된 얼굴로 "됐습니다!" 내뱉고는 뒤도 돌아보지 않고 접견실을 나가버렸다…….

"정말 어이가 없었어요. 기록을 하고 있던 간수도 놀랐을 정도니까. 근데, 할아버지는 스님 같은 표정 그대로인 거예요. 아무 일도 없었다는 듯 '가자' 하시더라고."

나는 할아버지의 유연했던 모습이 떠올라 다시 웃음이 났다.

"일분일초라도 길게 같이 있고 싶은 면회인데, 그것이 아버지가 일방적으로 면회를 끝내버린 유일무이한 사건의 전말이에요. 할아버지는 책이 무거울까봐 나를 생각해서 하신 것뿐인데."

"왜 그렇게 역정을 내셨습니까?"

남편이 내 웃음을 제지하며 부드럽게 물었다. 어머니 표정도 웃고 있다.

"감옥 안에서 책은 먹을 것과 물, 의복 다음으로 귀중한 것이니까. 그것이 함부로 다뤄졌기 때문이랄까. 그리고 감형돼서 기분이 한껏 고양되기도 했고, 앞으로의 일을 생각해 긴장한 탓도 있었을 거야."

아버지는 먼 곳을 바라보듯 말했다. 나와 남편의 웃음은 아버지의 깊게 가라앉은 목소리에 멈춰버렸다.

"네가 생각지도 못했던 감형 당시 이야기를 해주었는데……"

아버지가 폴로셔츠의 가슴 포켓에 넣어 둔 종이를 천천히 꺼냈다.

"오늘, 한 서방과 네게 와달라고 한 건 마침 그 무렵에 있었던 어떤 사람의 얘기를 해두고 싶었기 때문이다."

—— 이번에 가족 모두 한국에 가는 것은 의미가 깊은 일이야. 8·15민족통일대회지. 온 겨레의 통일운동에 가족들 모두 가게 되었으니 굉장한 일이기도 하고 기쁜 일이다. 하지만 말이다, 우리 가족에게 각별한 건 지금은 역사관이 된 서대문형무소에 가보는 일이야. 애들은 아직 어렵겠지만 너희들만큼은 내 발로 다시 한 번 그곳에 들어가는 의미와 아버지의 심정을 가슴에 새겨주길 바라는 마음으로 그 사람의 일을 반드시 이야기 해두어야 된다고 생각했어.

2003년 가을에 한 서방 일행과 함께 해외민주인사 추석 고국방문단으로 석방된 후 처음으로 한국에 갔을 때나 이듬해 6월에 인천에서 열린 6·15민족공동위원회 통일대회에 참가하기 위해 — 그때도 한 서방과 함께였지 — 다시 한 번 방한했을 때도 당시에 이미 역사관이 된 서울구치소를 참관하는 일정이 없어서 마음이 놓였다. 그곳이 역사관이 되거나 말거나 아버지는 구치소나 교도소에는 두 번 다시 가고 싶지 않았다. 가게 되면 괴롭고 분노가 치밀고 애절했던 기억이 덮쳐올 테니까.

유학생 시절에 중앙정보부(KCIA)에 체포되었던 재일정치범 청년이 서울에 가거든 반드시 서대문에 있는 역사관에 가봐야 된다고 하는 걸 들은 적이 있다. 아버지는 그 생각에 대찬성이다. 그 사람 말대로 재일청년들이 역사의 현장을 자신의 눈으로 보고 배워야 마땅하다고 생각해. 하지만 나한테는 거길 가보라고 하지 않았으면 했어. 진심으로 그래주었으면 싶었다.

나는 말이다, 그 사람을 생각하면 죄스럽고 부끄러워서 견디기 힘들구나…….

한참을 찾았단다. 구원운동 자료는 서랍 속에 넣어둔 채 정리도 하지 않았으니까 꽤 힘들게 찾아냈다. 이건 15년 전에 내가 쓴 <일본귀국에 즈음한 성명문>이다. 서울의 호텔에서 구술한 내용을 숙이가 받아 적어서 다행히 그걸 손질해 완성했지. 기억나지? 성명문 내용을 잊은 건 아니지만 정확한 단어를 확인하고 싶었어. 이런 구절이 있구나.

< 많은 정치범이 형장의 이슬로 사라졌습니다. 평생 잊을 수 없는 충격은 나와 가까웠던 남준열 씨가 처형장으로 끌려가던 모습을 목격했던 일입니다. 인간이라면 누구나 생명에 대한 애착이 있고 죽음에 대한 공포를 느낍니다. 하지만 존경하는 나의 친구는 당당히 가슴을 펴고 침착하게 사형장으로 걸어갔습니다. 그 광경이 나의 뇌리에 새겨지고 가슴이 옥죄어 와서 정신을 차릴 수 없을 정도였습니다. 언젠가는 나도 걸어가야 할 길이었기 때문입니다. >

벌어진 사건들은 누군가에게 전하지 않으면 시간의 어둠 속에 묻혀버리고 마는 법이니까. 남준열 씨는 당시 서울구치소에서 '합법적'으로 살해 된 거야. 그가 사건을 말하는 일은 절대 불가능하니

아버지가 이야기 해야지. 남준열 씨에 대해 단편적이라 하더라도 너희들이 꼭 기억해주길 바란다.

남준열 씨는 내가 체포되고 반년 후인 1974년 10월에 나처럼 국군보안사에 구속되었다. 사형이 확정된 건 76년 11월. 이것도 아버지보다 거의 6개월 늦다. 준열 씨는 국내정치범으로 자이니치와 관련해 사건이 조작되었다. 아버지 사건의 경우와 무척 닮았는데 '간첩'은 북과의 관련이 없으면 성립이 안 되는 존재지. 그래서 정보부나 보안사령부 놈들은 재일본조선인총연합회(총련)가 있고 군사분계선도 없는 재일동포사회의 특수성을 악용한 거다. 사건의 구성을 보면 자이니치가 북측=총련의 공작원에게 직접 지도와 지시를 받은 '주범'이 되고 국내인사가 자이니치의 지시로 움직이는 '부주범'이 된다. 준열 씨는 '부주범격'이라고 발표한 것 같았다.

그와 처음 만난 것이 언제였을까. 같은 옥사에 있었기에 운동장에서 스쳐 지났을 때가 아니었나 싶다. '어라, 저 사람도 같은 처지네' 하면서 말야. 사형수는 수갑을 차고 있으니까 쉽게 알지. 그런데 말이야, 수갑은 형이 확정될 때가 아니라 사형이 구형되자마자 채우도록 했어. '사형이 구형된 것을 비관해 자살하는 걸 방지하고 당신을 보호하기 위해서 입니다' 라고 간수가 내게 말했던 걸 기억한다. 하지만 그런 건 다 핑계야. 철저하게 고통과 굴욕을 느끼게 하고 굴복을 강요하기 위해 수갑을 채우지. 감옥에 갇혀 있는 동안에는 양손이 저려서 자고 싶어도 잘 수가 없고 밥을 먹거나 용변을 보거나 옷을 갈아입는 등 인간에게 기본적인 모든 행위를 간수의 허락 없이는 할 수 없는 상태를 만든다. 이 제도는 일제강점기부터해 온 악습이야. 그래서 감옥 안은 사상전향 제도와 함께 식민지시대 그대로였다.

수갑이야기로 빠졌는데 어쨌든 감옥에서 수갑을 차고 있는 이는 사형수다. 멀리서도 알 수 있어. 가까이 가보니 남준열 씨의 가슴 표식이 붉은 색이었다. 즉 반공법·국가보안법 위반인 '좌익' 사형수라는 걸 알았지. 표식은 일반죄수는 파란색이고 시국관련 죄수는 노란색이다. 노란색의 사형수는 기억에 없구나. 시인 김지하 같은 이는 원래 시국관련 정치범인데 억지로 북과 연결 지어 공산주의자로 만들었으니까 빨간 표식이 붙고 말았지.

남준열 씨와는 같은 옥사였으니까 운동장에서 만날 수 있었어. 나는 사형수들 중에도 구치소 제1관구 1사에서 5사 감방을 전전했는데 그 사람과는 자주 같은 옥사에 있게 되었지. 당시 서울구치소에는 관구가 두 개였는데 제1관구는 1사에서 6사까지로 1960년대에 증축된 시멘트 건물이다. 제2관구는 식민지시대에 지은 벽돌건물로 7사에서 12사까지와 한센병사 그리고 사형장이 있었다. 두 개의 관구는 원래부터 있던 벽으로 구분되어 있어서 통로가 두 곳이야. 제1관구에는 좌익수, 시국사범, 재일한국인정치범과 국내학생이라도 우두머리급 '중범죄자'가 수감되어 있었다.

운동은 방마다 따로 하는데 간수들이 '○○호실 나와' '○○호실 들어가' '운동 개시'로 호령을 해 밖으로 내몰았지. 그래도 아버지 같은 사형수들은 괘념치 않고 멈춰 서서 이야기를 나눴어. 그러면 감시대에서 '선생, 그만 하시죠.' 하고 제지했다. 간수도 사형수한테는 빡빡하게 굴지 않아서 비교적 조용히 주의를 줬어. 그러면 '좀 봐 주시게' 하며 넘어갔지. 감옥 안에서는 특히 '간첩' '좌익' 사형수의 격리는 원칙이었다. 1.75평 감방에서 8명의 일반형사범과 섞여 지내는데 사형수는 한 방에 한 명씩이다.

아무리 간수에게 눈감아달라고 해도 상대가 쓴웃음을 지을 정도
의 시간뿐이라 자유롭게 이야기 할 수는 없었다. 그래도 서로 통성
명을 하고 그런 식으로 조금씩 그와 대화를 나누게 되었다. 나는
그를 '남선생'이라 부르고 그도 나를 '선생'이라 불렀어.

준열 씨는 나보다 한 살 위였는데 골격이 다부지고 몸집이 컸어.
남자다운 굵은 목소리에 전라도 사투리가 조금 섞여 있었다. 나는
경상도 사투리에다 가끔은 일본말이 튀어나오는 이상한 말투로 얘
기했는데 준열 씨는 대체로 서울말을 썼지만 전라도 말투가 남아
있었어. 어릴 적에 배운 말은 쉽게 고쳐지지 않지. 무심코 고향사
투리의 어미가 튀어나왔어. 그가 체포되기 전에 어떤 일을 했는지
는 묻지 않았다. 북에서 남으로 보낸 이른바 남파공작원이 아니니
까 지방의 대학을 나왔겠지. 집은 어디냐고 물었는지도 모르지만
잊어버렸구나. 역시 전라도 어디쯤 일게야. 식구는 아내와 아이가
둘 있다고 들었다. 면회나 사식은 생활이 빠듯해서인지 드물었던
것 같아. 지방에서 서울로 올라오는 것도 만만치 않았을 테니까.
설사 서울에 가족이 있다 해도 반공지상주의인 한국에서는 간첩의
가족은 남들 눈을 피하지 않으면 안 되었지. 국내 '좌익'정치범 대
부분은 그런 상황이었다. 그래서 아버지는 사식으로 들어온 책이
나 음식을 그들과 나누려고 했었다.

감시를 당하는 운동장에서 짧은 대화를 하거나 눈인사를 나누거
나 멀리서 보게 되는 행동이나 풍모에서 그가 내면에 담고 있는 것
을 알 수 있게 되었지. 게다가 사형수는 일반죄수들로부터 다양한
이야기를 듣게 된다. 그런 소문으로도 인물을 평가 할 수 있지.

한 마디로 말해 남준열 씨는 신뢰할 수 있는 훌륭한 사람인데다 모든 면에서 그렇게 되려고 노력하는 사람이었다. 그는 인간적으로 사상적으로 훌륭했어. 인간적이라는 건 혁명가 이전에 휴머니스트였다는 것이야. 아버지는 사회생활을 하다 나이가 들어 감옥에 갔기 때문에 밖에서의 경험을 토대로 꾸준히 사람들을 관찰했다. 인간에 대한 애정이 있는지 아니면 사욕인지 그게 기준이었지. '좌익'사형수는 폭력, 절도, 강도, 사기, 뇌물수수, 소매치기, 매춘, 간통 등 여하튼 다양한 죄를 지은 사람들과 좁은 방에서 그야말로 온몸을 부대끼며 지낼 수밖에 없다. 그런 사람들에게 애정을 갖고 대하는지 아니면 자신의 사욕을 채우려는지 말이다. 남준열 씨는 실제로 애정이 깊은 사람이었다.

사상적으로는 마르크스주의에 기초한 사상을 유지한 게 아니었을까. 그의 말끝에서 그런 사상을 자신의 신념으로 삼고 있는 견고함이 엿보였어. 하지만 그는 남파간첩이 아니었으니까 북측의 주체사상은 몰랐을 거라 생각해.

인간에 대한 애정이 훨씬 더 깊고 분명히 드러나는 때가 옥중투쟁이다. 남준열 씨는 싸울 의지, 저항하는 기개를 갖고 있었어. 오래전부터 옥중투쟁은 한국뿐만 아니라 어느 나라나 다양한 형태로 펼쳐졌다고 들었는데 책을 읽어보면 알 수 있다. 하지만 아버지가 들어갔던 당시 서울구치소에 투쟁은 없었다. 이전의 일은 모르겠지만 유신체제가 시작되자 감옥은 제압상태가 되었어. 그러다가 1976년 말 무렵부터 대통령 긴급조치위반으로 들어온 장기표, 유인태, 김지하 등이 주도해서 공공연하게 옥중투쟁이 시작되었어. 아침 세면시간을 이용해 집단적으로 데모를 했다. 그것이 시작이야. 그 후 학생들이 끊임없이 '박정희 유신체제 타도! 구속자 석방!'을 외치며 투쟁을 했고 감옥 내 처우개선이나 탄압에 저항하는 단식투쟁을 하게 되었지. 아까도 말했지만 학생들의 표식은 노란색이고 아버지 같은 사형수는 빨간색이다. 빨강이 노랑에 가세하면 노란색 입장이 난처해졌어. 당국에 '새빨간 간첩이 너희들에게 동조했다!'고 탄압의 구실을 주게 되고 말지. 노란색 쪽도 그것을 몹시 경계해서 피한다는 걸 알게 됐어. 그러니 나 같은 사형수들은 투쟁이 시작되면 이를 악물고 참여하고 싶은 심정을 억누를 수밖에 없었다. 그것이 너무 괴롭고 힘들었어.

구호는 투쟁이 시작되는 신호였다. 여기저기 감방에서 소리를 지르지. 그러면 간수가 뛰어다니며 난폭하게 감방 문을 열고 고함을 치며 구호를 외친 이를 제압해 구타를 가하는 기척이 들려왔어. 눈앞에 있는 감방에서 학생이 난폭하게 끌려나오는 일도 자주 있었다. 하지만 아버지는 아무 말도 할 수 없었다. 투쟁이 시작되면 가슴이 미어지고 아파서 온몸에 땀이 흥건해지도록 좁은 감방을 수도 없이 빙빙 돌았고 초조함과 허무함을 어떻게든 진정시키려 했다.

그런데 딱 한 번 이런 일이 있었다.

그날도 구호를 신호로 여기저기 감방에서 학생들이 감방 문에 몸을 부딪치며 데모를 시작했다. 맞은편 감방의 학생도 투쟁에 가담했어. 그러다 간수가 쫓아와 소리치지 못하도록 가죽마스크를 씌우고 팔을 뒤로 꺾어 수갑을 채운 뒤 밧줄로 몸을 움직이지 못하게 묶었다. 하지만 학생은 고함치는 걸 멈추지 않았어. 그러자 죄수들 가운데 간수의 조수노릇을 하는 놈이 학생을 끌어내 때리기 시작했다. 나는 더 이상 참을 수가 없어서 내가 있는 감방 문을 발로 차고 어깨를 부딪치며 소리쳤다.

"도둑놈이 학생을 왜 때리는 거냐! 대체 이게 무슨 짓이야!"

그러자 30초도 지나지 않아 감방 앞으로 간수들이 시커멓게 모여들었다. '빨갱이 사형수가 가담했다'며 교도소 측이 간수들을 총동원시킨 거지. 그 정도로 당국에서는 아버지 같은 사형수들의 움직임에 신경을 곤두세우고 있었고 학생들과의 연대를 두려워했다.

1978년 여름이었을 게다. 서울구치소는 심문이나 재판중인 사람들이 수감되는 곳이다. 그래서 동일한 공안사건으로 수감되어 있는 공범자들이 입을 맞추는 것을 막는다는 구실로 창문을 가리는 공사를 하게 되었다.

감방은 만원이어서 채광도 공기도 충분히 취할 수 없는데 게다가 시야까지도 차단시키려고 하니 화가 치밀었다. 그때 학생들에겐 이 공사에 반대투쟁을 하려는 움직임은 없었다.

아버지는 몇몇 사형수에게 문제제기를 했다. 남준열 씨는 그 자리에서 동조를 하고 투쟁에 찬성해줬어. 그 후 여러 차례 투쟁을 벌였는데 그는 항상 '상황을 만들 수만 있다면 해보자' 라는 입장이었지.

그때는 약 10명의 '좌익'사형수들이 사형수라는 이름이 부끄럽지 않도록 마지막까지 싸우기로 뜻을 모았다. 난 그 결정을 토대로 보안과장과의 면담을 강하게 요청했어. 보안과장이 마지못해 면담에 응했고 창문 덮개를 뗄 것과 사형수의 수갑을 풀어줄 것과 감방 수용인원을 정원으로 줄여 달라고 요구했다. 보안과장과 실랑이를 벌인 끝에도 확답을 해주지 않았기에 무기한 단식투쟁을 선언하고

과장실을 나왔다.

이 선언으로 단식투쟁이 시작될 것이 분명했는데 단결이 부족했는지 3일 만에 끝나고 말았다. 감옥은 특수한 장소야. 거듭해서 토론이 가능한 환경이 아니다. 그러니 사정이 있어 단식투쟁에 참가할 수 없게 되는 것도 이해가 되는데다 얼마든지 있을 수 있는 일이야. 하지만 연락체계가 있으니까 자신은 참가하지 않아도 다음 사람에게 연락할 의무는 있는 거지. 그런데 단식투쟁에 참여도 안했을 뿐더러 연락도 무시해버린 배신행위와 마찬가지의 사태가 벌어졌어. 창문 덮개는 철거되었지만 남은 두 가지 요구는 묵살되고 말았어. 결국 패배였지. 나중에 점검해보니 남준열 씨는 단식투쟁에 들어갔고 연락체계도 지켰어. 연락을 안 한 인물도 누구인지 알게 되었지. 같은 사형수라도 사실 다 똑같지는 않았다. 바로 그런 순간에 애정과 사욕이 뚜렷하게 드러나는 것이야. 투쟁은 결국 인간에 대한 애정인지라 준열 씨는 이때도 그렇고 이후에 있은 투쟁에서도 늘 애정의 편에 섰다.

남준열 씨가 구체적으로 어떤 사건으로 어떻게 붙잡혔는지 자세히는 모른다. 아버지는 내 사건도 상대의 사건에 대해 묻는 것도 피했다. 그다지 기분 좋은 일도 아니었으니까. 게다가 실제로 감옥 안에서는 오늘 하루를 어떻게 사는지가 중요해서 그때그때 필요한 정보교환이 대화의 중심이 될 수밖에 없다. 그의 사건에 대해 정말 한정된 대화로만 종합해 보면 그에게는 연락에 관련된 임무는 있었지만 이렇다 할 조직 활동은 없었던 것 같다. 하지만 준열 씨 사건과 관련돼 영관급 군인이 군사법원에서 사형선고를 받고 집행됐다고 들었어. 그 사실이 나는 몹시 걱정스러웠어. 낙관할 수 없는

데다 께름칙한 예감이 들었다고 할까.

　같은 사형수 동지라서 가능한 대화였지만 언젠가 내가 "남선생의 경우엔 관련자가 사형집행이 됐으니 형이 집행될 가능성이 높은 것 아니냐."고 말했어. 그러자 그는 "자이니치가 '주범'이니까 주범에 준해서 내 처우도 정해지니 괜찮겠지요."라고 대답하더구나. 물론 그 말에는 뭔가 희망을 갖고 싶은 마음이 강하게 작용했겠지만 정말로 그는 그렇게 믿고 있는 것 같았다. 그래도 나는 거기서 얘기를 끝낼 수 없어서 "그래도 어쩐지 느낌이 좋지 않은데"라는 말을 거듭했어. 난 감옥 안에서 구치소 당국의 처우와 대응을 오랫동안 관찰한 후 감형되기 전 무렵에는 자이니치의 사형집행은 없을 거라 결론을 내렸지. 박정희대통령을 저격했던 자이니치 청년 문세광은 사형이 확정되자마자 곧바로 처형되었으니 예외지만 말야. 예를 들어 재일정치범은 아까 말한 투쟁 때처럼 강력히 요구하면 교무과장이나 보안과장이 면담도 하고 일본에서 면회 온 사람을 과장이 만나기도 해. 책이나 먹을 것이나 의복 같은 차입품만 해도 상당히 규제가 느슨했어. 구치소에서 과장급과 만난다는 건 국내정치범의 경우 어지간한 거물이나 유명인사가 아니면 있을 수 없지. 당국은 빨간 표식이 붙은 국내 정치범에게 너그럽지 않았으니까. 태도나 처우가 분명히 달랐어.

　재일정치범의 경우엔 일본에 있는 가족이나 구원회, 지원하는 사회단체나 일본국회의원의 존재라든가 사형수를 지켜보는 눈이 많았고 창구도 열려 있었지. 그러니 처형했다간 큰 사단이 나서 한일관계가 혼란스러워 질 것을 당국도 알고 있었어. 하지만 국내 정치범 사형수에 대한 시선은 빈약한데다 반공이라는 강고한 토양도 있었지. 그러니까 권력이 필요한 순간에는 사형을 집행해버렸고 실제로도 그렇게 해왔어. 아버지는 그걸 염려했기 때문에 준열 씨에게 "그래도 불안한 걸." 라고 말한 거야. 심각한 대화였기에 생생하게 기억나. 몹시 곤혹스럽기도 했지만….

또 한 가지 잊을 수 없는 대화는 남준열 씨가 "사형장에서는 마지막 한 마디를 하게 해준대요." 라고 말한 것이야. 그 말을 들었을 때 나는 그가 말한 '자이니치가 주범일 경우 그 처우에 준한 것일 테니 처형은 피할 수 있다'는 그의 신념 밑바닥에는 분명히 깊은 두려움의 틈이 생긴 것이라는 생각이 들었다.

그가 "그때 선생은 무슨 말을 할지 생각해 봤습니까?" 하고 묻기에 "아무 것도 말하지 않는 편이 좋겠지요." 라고 대답했다. 그러자 그는 "그러네요. 갑자기 끌려 나가 무언가 의미 있는 걸 말한다는 건 생각할 수 없겠지요." 라고 답했다. 그건 내 생각과 똑같았어.

그 대화를 나눈 뒤 아까 숙이가 말했던 감형 소식을 듣게 됐다. 아버지는 수갑을 벗고 기결 무기수가 되었지. 그 때문에 지방에 있는 교도소로 이송을 가게 되었는데 어쩐지 몹시 초조했어. 말하다 보니 얘기가 연결 되는데 할아버지가 책을 팔아치웠던 일에 화가 폭발했던 건 이 일이 원인이었던 것 같다. 당시 자이니치 확정사형수 다섯 명은 전원 무기징역으로 감형되었다. 그런데 예상했던 대로 자이니치와 연관 돼 사형이 확정된 국내 정치범 두 사람과 남조선민족해방전선 관련 사형수들의 감형은 없었어.

새로운 투쟁을 조직해야 된다고 생각했다. 누가 뭐래도 남준열 씨와 또 한 사람이 자이니치 관련으로 사형수인 채였다. 재판판결에서도 사건 구성은 자이니치가 '주범'이고 국내인물이 '부주범'

이라 했다. '주범'이 감형되었다면 '부주범'인 준열 씨 등은 당연히 감형되어야 마땅해. 그들이 감형되지 않았는데 자이니치는 감형되었다고 다행이라 할 수 있는 건가. 게다가 나는 준열 씨가 '주범의 처우에 맞춰 처리될 게 틀림없다' 믿었던 믿고 싶어 했던 모습이 머리에서 떠나질 않았다. 그들의 감형을 요구하며 투쟁해야 마땅하다고 생각했다. 방법은 감형을 받은 자이니치정치범이 단결해 단식투쟁에 나서고 또 구원회를 통해 여론화시키려고 생각했다. 그래서 이런저런 기회를 통해 투쟁방법에 대해 의논하려고 했어.

사형수는 사형이 집행 돼야 비로소 기결수가 된다. 그러니까 살아있는 동안은 미결수인 게지. 미결수라 머리를 짧게 깎지 않고 감옥에서 생활할 수 있다. 무기징역으로 감형된 나 같은 사형수들은 기결수가 된 셈이지. 하지만 당국은 그리 녹록치 않았어. 기결수가 된 자이니치 무기수는 철저하게 격리시키기 위해 독방으로 옮기게 했다. 아버지는 제1관구에서 제2관구의 제8옥사 2층 독방에 넣어졌고 다른 사람도 그랬을 거다. 그렇게 되자 준열 씨와 만나는 일도 연락하는 것도 어려워졌다. 얼마쯤 지나 기결수가 되었으니 머리를 깎아야 된다고 해 자이니치 무기수들이 모이게 되었다. 나는 마지막 기회라고 생각해 남준열 씨 등이 감형되지 않은 부당함을 호소하는 투쟁을 제기하려고 했다. 구치소 내 죄수가 이발사가 되어 머리를 감기거나 깎기도 했는데 그 이발사를 앞에 두고 투쟁을 의논하는 건 불가능했어. 그래서 다른 사람이 알아듣지 못하도록 은어를 써가며 내 뜻을 전달하려고 했다. 그런데 반응이 없었어. 듣지 못한 건가 싶어 거듭 말했지만 제대로 전달되지 않았고 결국 투쟁은 조직되지 못했다.

그럼, 왜 아버지 혼자서라도 투쟁하지 않았느냐고? 그래, 혼자서라도 남준열 씨 등이 감형을 받도록 요구하고 투쟁해야 마땅했다. 하지만 그때는 남준열 씨가 아직 살아 있었어. 다음 특사에서는 감형될지도 모른다고 생각했을자도…. 그렇지만 그건 잘못된 판단이었다. 감형이 될지도 모른다 따윈 발뺌이었을 뿐. 나는 감형되었으니 탄압을 각오하고 투쟁을 벌이는 애정을 버리고 사욕으로 기운거야. 간질환이 상당히 악화된 데다가 기력이 쇠약해진 탓도 있었지만…. 허나 남준열 씨가 처형된 사실 앞에서는 모두 변명이다. 비겁한 핑계밖에 안 돼.

관구가 바뀌어 옥사도 멀어지고 더 이상 남준열 씨를 만날 수 없게 되고 말았다. 그는 어찌하고 있을까. 걱정이 되었지만 달리 방법도 없었다. 그러자 투쟁하지 않은 것이 다시 후회가 되기 시작했어. 하지만 기회를 놓친 투쟁은 효과가 떨어지는 법. 무기징역으로 감형 된 자이니치 무기수들은 3월 중으로 모두 지방교도소로 이송되었다. 도움을 청할 동료도 없었다. 어쩔 도리가 없다고 억지로 납득하려고 했어. 하지만 마음 깊은 곳에 남아있는 기만도 사욕도 느꼈단다. 꺼림칙함이 계속 남았지만 그렇게 자기변호를 하며 불안한 마음을 억누를 수밖에.

나는 간염으로 체력이 악화돼 지방교도소로 이송이 연기되었지. 그건 구원회에서 설비가 열악한 지방으로 이송하는 건 죽음을 방치하는 일이라며 반대한 영향일 것이야. 그로 인해 가을까지 서울구치소에 있게 되었다. 어차피 기결수를 구치소에 그대로 둘 수 없었으니 보안과장이 어디로 가면 좋겠느냐고 물어왔다. 그래서 '친족이 있는 대구가 좋다'고 희망했다. 원래 이런 의견교환이 있는

것도 이상한 얘기지만 말이다. 그 사이에 기대했던 82년의 8·15특
사에서 남준열 씨의 감형은 없었다. 그 일로 다시 불안이 커지기
시작했다.

가을이 되었지. 잔혹한 여름이 가고 조금은 지내기 수월해졌다고
생각했는데 어느새 아침저녁으론 싸늘했다. 감옥 안은 계절이 극
단적으로 찾아온다.

그 무렵이었어.

사형집행은 누군가가 말해주는 게 아니다. 하지만 감으로 알 수
있어. 게다가 며칠 전인가 얼굴도 모르는 일반죄수가 '넥타이공장'
을 청소한 것 같다고 알려주었다. 넥타이는 교수형 밧줄의 은어다.
넥타이로 시체를 만드는 공장이라는 뜻이지. 감옥 안에서는 이렇
게 어둡고 끔찍스럽고 고약한 은어가 유통된다. 그 무렵엔 대체로
연말에 처형을 했는데 어째서 이 시기인지 이상한 느낌이 들었던
기억이 난다.

사형집행은 대부분 오전중이다. 처형이 있는 날은 사형장 근처
운동장을 쓸 수 없으니까 수용자들의 운동이 중지된다. 그날은 간
수의 '운동개시!' 구호가 복도에 울리지 않았다. 사형집행이 있는
거라고 나는 확신했어. 나중에 확인하니 그날은 1982년 10월 8일
이었다.

사형장은 정문 반대편으로 제2관구의 서남쪽에 독립된 벽돌담에
둘러싸여 있다. 아버지가 들어가 있던 제8옥사는 남북으로 직선연
결 된 제7사와 보안과가 있는 중앙사와 12사를 마주하고 있고 7사
에서 서남쪽을 향해 뻗어나간 형태의 사선으로 서있다. 그래서 사
형장에 가장 가까웠지. 아까 말했는지 모르겠지만 아버지의 감방

은 2층 13호 독방이었다. 8사 입구에서 보면 오른편에 있어서 유독 사형장에 가까웠다.

누군가의 사형집행이 분명했다. 남준열 씨가 아니길 바랐지만 불길한 예감이 들어 안절부절 못하고 있었어. 남준열 씨나 정치범이 아니길 바랐다. 이런 바람은 지금 생각하면 터무니없는 일이지. 그 누구든 국가에 의한 '합법' 살인인 사형은 있어서는 안 된다. 사형제도는 인간의 무한한 가능성을 부정하지. 게다가 아버지가 그랬던 것처럼 무죄의 인간을 나아가서는 정치범을 국가가 죽이는 일은 전쟁과 마찬가지로 용서될 수 없다. 그런데 아버지는 그때 어리석게도 어쩔 수 없이 사형이 집행된다면 남준열 씨가 아니길 바라며 신에게 기도했어.

감방 창문은 높은 곳에 있다. 3월에 그곳으로 옮겨온 후 7개월 남짓 창밖을 내려다보려고 했던 건 그때가 처음이었다. 어쩌다 하늘과 구름과 별을 올려다 볼뿐이었다. 그런데 그때는 어떻게든 확인하지 않으면 안 되겠다는 절박함에 짓눌렸다. 내가 일어서도 그 상태로는 창밖이나 지상에는 시선이 닿지 않았지. 어떻게 했는지 기억은 안 나지만 이리저리 궁리를 해서 창문으로 기어올랐다. 몇 번인가 실패했던 것 같다. 간신히 창틀에 매달리니 밖을 내려다 볼 수 있었어. 벽으로 둘러싸인 운동장 너머로 사형장이 보였다. 바로 옆에는 키가 큰 미루나무가 서 있어. 운동장에서도 볼 수 있어서 항상 올려다 본 나무다. 초여름엔 하얀 솜 같은 꽃가루가 둥실둥실 날려서 계절을 실감하게 해주었어. 이 나무는 '통곡의 미루나무'라 불렀다. 식민지시대에 애국열사가 처형에 저항하며 이 나무에 매달려 '일제타도!'를 외쳤다고 한다. 독재정권 시절에도 조국통일을 바랐던 애국자가 독재자를 저주하는 피눈물을 흘리며 다시 소리쳐 외쳤지. 아직 이파리는 파랗게 무성했어. 이 나무의 뿌리를 본 것이 처음이 아닌가 하던 바로 그때 제1관구와 제2관구를 가르는 벽의 철문이 덜커덩 열렸다. 그리고 커거겅— 하는 무거운 금속음이 들려왔다. 그곳은 건물 그림자가 드리워져 있어서 감방 창으로는 보이지 않았어. 심장이 입 밖으로 튀어나올 것처럼 고동쳤다. 사형장으로 향하는 죄수가 나온 게 틀림없었다. 자세히 살피려고 시선을 집중했지. 8사 건물이 만든 그늘에 간수에게 양팔을 붙들린 하얀 한복을 입은 수인. 이제 곧 사형을 집행당할 사람이 보였다.

서, 설마! 아니길 바랐지만 눈앞에 현실은 달라지지 않았어. 남준열 씨였다.

남선생! 준열 씨, 당신 맞나요, 설마…!

심장이 파열될 듯 고동치고 시야가 흐려졌다. 하지만 양손은 창틀을 붙잡고 있어서 여러 번 눈을 깜빡이며 그의 모습을 눈에 담으려고 했어. 아버지는 2층에서 운동장 너머로 내려다보았으니까 형장으로 향하는 친구의 모습이 그대로 눈에 들어왔어. 양쪽에 선 간수가 오히려 그에게 끌려가는 것처럼 보였다. 남준열 씨는 당당하고 초연한 표정에 또렷한 걸음으로 걷고 있었다. 그렇지만 처형을 당하러 가는 그의 심정을 내가 어떻게 알까. 이제 몇 분 후에 죽는다는 걸 알고 있는 사람이 걷고 있었어. 이게 무슨 광경이란 말인가! 하지만 현실이었다.

결코 짧은 시간이 아니었어. 그가 형장으로 가는 모습을 꽤 오랫동안 보고 있었다. 준열 씨의 얼굴이 보였지. 그가 앞을 향해 이쪽으로 오고 있었어. 내가 보였을까? 서서히 옆모습이 보이고 뒷모습까지는 보았다. 그런데 목소리가 나오지 않았어. 왜 소리치지 못했을까. 남준열을 죽이지 마라! 라고……

태양이 상당히 높이 떠있어서 북측을 향하고 있는 사형장 입구가 암막을 친 것처럼 캄캄했다. 마치 이 세상에서 저세상으로 가는 입구처럼. 아니, 더 이상 그곳은 이 세상이 아닌 것 같았다. 더는 보고 있을 수가 없었다. 보고 싶지 않았어. 창에서 내려와 웅크려 앉았지. 터질 것 같은 심장박동을 진정시키려 했는데 소용없었어. 점점 고동소리가 커져갔어.

그의 죽음을 상상할 수 있었다.

남준열 씨는 마지막 말을 묻는 질문에 어떻게 대답했을까? 의자에 앉혀지고 그의 손발이 의자에 묶인다. 목에 교수형 밧줄이 걸쳐진다. 바닥이 꺼지는 순간 의자와 함께 나락의 바닥으로 그가 빨려들어가고 밧줄이 부웅 소리를 내며 준열 씨의 경골을 조각조각 부순다. 하지만 몸이 튼튼한 준열 씨의 심장은 아직 뛰고 있다. 내가 있는 곳에서 그야말로 코앞에서 친구가 살해되었다…… 죽은 자는 움직이지 않고 죽인 자는 살아 움직인다. 그 생각을 하고 있는 나는 독방 안에서 살아 움직이고 있었어. 너무 큰 충격에 며칠 동안 음식을 넘기지 못했다.

남준열 씨가 처형되고 열흘째인 10월 18일, 아버지는 대구교도소로 이송되었다. 그가 죽은 장소에서 멀리 떨어지는 것이 기뻤다.

그가 살해되었다는 사실. 내가 살아있다는 현실. 아버지의 생과 준열 씨의 사를 구분하는 것은 무엇이었나. 아버지와 그는 거의 같은 죄목인 반공법과 국가보안법에 저촉되어 사형이 확정되었다. 내가 그랬던 것처럼 남준열 씨가 누군가를 해쳤다거나 하물며 사람을 죽인 사실도 없다. 물론 박정희 독재정권에 반대하는 생각을 갖고 있었다. 그리고 조국은 통일되어야 마땅하다는 사상과 신념을 강하게 유지했던 것은 틀림없는 사실이다.

사형을 집행하는 사회는 폭력을 장려한다. 그곳에서 사형수의 생과 사를 가른 것은 본국이냐 자이니치냐 그것이었어. 대체 자이니치란 무엇일까….

게다가 그는 사상적으로 누구보다 견고했다. 그러니까 선별된 거야. 선별이라고! 권력은 거대한 관료조직이다. 1970년대 전반에 자이니치 관련으로 조작된 사건을 남준열 씨를 처형하는 것으로 매듭지었다고도 할 수 있지 않은가. 그는 우리를 대신해 처형된 거야.

'살인이 없었다면 역사는 없다'고 어딘가에서 읽은 적이 있다. 하지만 그런 역사가 옳은 것일까? 타인의 희생으로 자신은 살아남는다. 이것이 인간존재의 원죄라 한다면 거기서 도망칠 수 없을지도 모르겠으나 그 죄를 잊고 싶지 않구나. 남준열 씨가 형장으로 향하던 모습과 함께.

어찌 생각하면 아버지는 우연히 마수의 손길을 피할 수 있었어. 하지만 나는 살아있어도 되는가. 살육을 면한 자로서 산다는 건 어떤 의미일까….

이번에 그때 그 서울구치소에 간다고 생각하니 지나간 시간들이 한꺼번에 밀려오는 것 같다.

고통스러운 체험을 말한다는 게 쉽지 않구나. 게다가 아버지가 말이 자꾸 뒤섞여서…. 감옥 안에서 겪은 일을 한국말로 기억해내고 지금은 너희가 알아들을 수 있게 일본말로 바꾸어 말하려니 잘 되지가 않는다. 일본말로 말하는 사이에 한국말로 체험한 일이 자꾸 아득해져서 말이야. 안타깝구나….

어찌되었든 며칠 지나면 아버지와 너희들은 그 미루나무가 있는 곳으로 가는 거다…….

끝

한국어 출간에 즈음해

이 책에는 「故 최철교 선생에게 바침」이라는 헌사가 붙어있다. 최 선생은 나의 장인으로 이 이야기의 또 하나의 주인공인 '아버지'의 모델이다. 최철교 선생은 2013년 3월에 81세로 서거했다.

『저 벽까지』의 원서(일본어)는 2013년 12월 선생이 돌아가신 후에 출판되었다. 일본어판은 3년 정도에 걸쳐 잡지에 발표해 온 연작단편을 장편소설로 정리한 것이다. 나는 게재지가 나올 때마다 최 선생에게 증정했다. 다만 마지막 장 <미루나무>는 2013년 여름에 발표되어 증정이 이뤄지지 못했다. 그럼에도 선생께서는 이 책을 구성한 단편에 대해 비평은커녕 감상 같은 것조차 나에게 들려준 일이 없었다. 읽고 나서 그랬던 것인지 읽지 않은 탓이었는지는 더 이상 알 길이 없다. 선생은 사건에 관해서나 취조 중 당연히 있었을 고문, 가혹했던 옥중생활에 대해 어쩌다 단편적으로 토로하긴 했지만 상세히 말하지는 않았다. 내가 여쭤도 "뭐, 다 그렇지 않겠나…" 정도로 늘 말끝을 어름거리는 게 고작이었다. 결국 사건, 취조, 재판, 옥중생활이 선생에게는 말로 다하지 못하는, 속시원히 털어놓을 수 없는, 말하고 싶지 않은 일이었으리라. 최철교 선생은 '증언하지 않는' 것으로 그 사실들에 자신의 긍지를 걸고 가슴 깊이 묻어두려 결심한 것이다. 자신이 모델이 된 소설에 대해 입을 다물었던 것은 그 다짐에 충실하려 했음이라고 나는 추찰한다.

『저 벽까지』의 작품 속 시간은 조금 긴 세월에 걸쳐있다. 여기에 최철교 선생이 체포, 재판, 옥중생활을 보낸 경과를 적어두면 이야기를 따라가는데 도움이 될 것 같다.

1974년 4월 25일	친척방문을 위해 도착한 김포공항에서 국군보안사령부로 연행
6월 13일	서울형사지방법원에 기소(관련자 7명),
	서울구치소에 수감
10월 21일	제1심 사형판결, 24시간 수갑을 찬 수감
1975년 2월 28일	제2심 사형판결
5월 27일	대법원 상고기각으로 사형확정, 재심청구
9월 10일	재심청구기각
1980년 3월 31일	체포된 이후 6년 만에 처음으로 가족(장녀)과 면회
1982년 3월 2일	사형에서 무기징역으로 감형 <전두환대통령 취임1주년 특사>
	24시간 채워진 수갑에서 '해방'
10월 18일	대구교도소로 이감, 특별감방 독방에 수감
1984년 8월	'전향' 병동옥사 독방에 수감
1987년 3월	잡거감방으로 이동, 작업 등
1988년 12월 20일	무기징역에서 징역20년으로 감형
1990년 2월 26일	서승 씨와 22명의 '좌익수감자'를 포함해 1,011명 3.1절 특사
5월 7일	노태우대통령 방일일정을 앞두고 '모든 정치범의 석방'을
	요구하며 무기한 단식에 돌입
5월 21일	특별가석방 결정에 따라 단식 종료
	대구교도소에서 출소

최철교 선생이 세상을 떠나고 6년 후인 2019년 1월 17일, 서울고등법원은 본인과 유가족들이 청구한 재심재판에서 최 선생과 사건에 연루되어 연좌제에 걸린 선생의 두 형제(한 분은 고인)를 포함한 4명에게 무죄를 선고했다.

최 선생은 생전에 "재심은 안 한다!"며 완고히 거부했다. 선생의 이러한 태도는 한국의 민주화와 조국통일에 대한 신념보다 '무죄' 만을 강조하는 것에 대한 위화감과 군사독재정권시대의 정보기관, 검찰, 반공변호사, 형사가 일체가 되었던 한국의 사법—재판에 대한 회의 그리고 '말하지 못하는' 심정이 강하게 작용했기 때문일 것이다.

그럼에도 우리 유가족들이 재심을 청구한 이유는 최 선생과 작은 아버지들이 법적으로는 아직 '북의 간첩'이라는 사실을 바로잡아야 한다고 강하게 청했기 때문이었다.

재심재판 판결은 ①민간인을 수사할 수 없는 국군보안사령부 요원이 불법으로 연행, 체포하고 위협과 고문 등 가혹행위로 받아낸 진술에 증거능력이 없다 ②외형상 중앙정보부가 수사한 것처럼 위장했는데 실태는 보안사가 수사했다 ③검사의 수사단계에서도 보안사 요원이 구치소를 찾아와 자백을 번복하지 않도록 압박해 자백을 유지시켰다 ④재판단계에서도 공판 때마다 반드시 보안사의 수사관이 방청하고 재판 후에는 구치소에서 피고를 면회했다. 피고들은 재판에서 자신에게 불리한 자백을 번복하기 어려웠다 ⑤증거수집과 압수도 위법으로 이뤄지고 사실오인이 많은 양형도 부당하다—고 인정했다. 판사는 판결 선고에서 군사정권시대에 벌어진 사건이지만 같은 사법에 종사하는 이로서 이토록 위법·불법적인 수사 끝에 중형을 선고한 것을 진심으로 송구하게 여긴다고 거듭 말하며 사죄했다.

검찰은 너무나 무죄가 명백하기에 상고를 하지 못했고 이로써 4명의 무죄가 완전히 확정되었다.

이렇게 최철교 선생과 작은아버지, 우리 유가족, 친척들은 '북의 간첩'으로 날조되었던 오명을 무려 45년 만에 씻어내고 명예회복을 한 것이다.

이 재심재판 과정을 통해 자이니치인 우리가족과 한국에 살고 있는 작은아버지를 포함한 유가족들은 비로소 육친의 정(情)을 되찾을 수 있었다. 동시에 나는 '반공 국시' 사회에서 '북의 간첩'으로 몰렸던 작은아버지와 '북의 간첩의 가족'으로 취급된 사촌들이 얼마나 깊은 마음의 상처를 입고 큰 고통을 감수해야 했는지 생생히 알게 되었다. 『저 벽까지』와 함께 달려온 한국에서의 이야기는 아직도 끝나지 않았다.

부언하자면 『저 벽까지』는 자이니치와 관련된 사건으로 사형집행을 당한 무죄의 국내정치범들이 반드시 명예회복을 이루어야 함을 제시하고 있기도 하다.

자이니치의 이야기를 다룬 『저 벽까지』를 한국 독자에게 전하게 된 계기로 국내에 계신 많은 분들이 또 다른 이야기를 할 수 있기를 바란다.

나는 줄곧 이 책의 한국어 출판을 염원해 왔다. 그런데 그 기회가 생각지도 못하게 찾아왔다. 앞서 말한 재심재판 선고공판에 도서출판 품의 대표이자 역자인 정미영 씨가 달려와 주었고 재판을 방청하면서 출판을 결의해 주었다. 이것은 장인의 무죄판결과 더불어 두 배의 기쁨이 되었다. 정미영 씨에게 이 지면을 빌려 진심으로 감사를 전한다.

2019년 9월 황영치

옮긴이의 말

인간에게 가장 잔인한 징벌은 잃어버린 시간이 아닐까.
중학교 1학년인 주인공은 네 명의 동생들과 다정한 아빠, 엄마와
함께 치바현 마쓰도시^(松戶市)에 산다. 일주일 쯤 친척을 도우러 한
국에 다녀온다는 아버지를 기다리며 평소와 같은 일상을 보낸다.
아버지가 떠나시는 날 아침, 교복을 입은 나를 흐뭇하게 바라보셨
다. 그렇게 아버지는 비행기에 올랐고 주인공이 스물아홉 살이 되
어서야 집으로 돌아온다.

이 소설은 되돌릴 수 없는 긴 세월을 감옥에서 지내야 했던 故최
철교 선생과 가족의 이야기를 그렸다. 소설의 틀을 빌었지만 주인
공의 체험은 당시 실제상황을 생생하게 보여준다. 일본에서 태어
난 재일동포 2세 청년들이 모국을 경험하기 위해 이 땅을 찾기 시
작했을 때 그들을 제물로 삼은 권력의 하수인들이 빚어낸 비극은
비단 故최철교 선생의 가족뿐만이 아니다.

이 이야기는 실제로 10년이 넘는 기간 동안 일본과 한국을 오가
며 아버지의 옥바라지를 한 故최철교 선생의 딸(최종숙 씨)이 주인
공이다. 2019년 1월 17일 서울고등법원에는 고인의 선고재판에 아
버지의 영정사진을 품에 안은 최종숙 씨가 있었다. 재판이 끝나고
그간의 심정을 눈물로 토로하는 최씨 곁에는 돌아가신 아버지와
함께 옥고를 치른 동료들과 유가족, 지원자들이 함께 했다. 생전에
재심재판을 완강히 거부했다는 고인의 심정을 속속들이 헤아릴 수
는 없지만 그럼에도 불구하고 유족들이 재판에 나선 이유는 분명

했다. 그러나 가슴을 짓눌러 온 과거를 보상받기에는 너무 많은 세월을 보내고 난 후에야 듣게 된 무죄판결. 게다가 당사자는 이미 세상을 떠났다.

분단이 빚어낸 비극은 한반도를 넘어 일본의 재일동포들에게도 여전히 현재진행형으로 깊어지고 있다. 그분들이 고뇌하는 정체성이나 이데올로기를 판단할 자격이 이 땅에 사는 우리에게 진정으로 있는지 묻고 싶다. 아울러 독재정권의 희생양이 된 피해자들뿐만 아니라 가족과 친지들의 고통의 세월은 어떻게 보상해야 할지 고민해야 마땅하다. 명예회복만으로 사람의 시간을 되돌릴 수는 없다.

끔찍했던 과거를 되찾아가는 여정을 앞두고 사형장으로 가던 동료를 떠올리며 자식들에게 당부하는 아버지의 마지막 독백이 이 책을 우리말로 옮기고 출간하게 된 계기다. 당시 피해자들의 명예회복이 가장 절실하고 시급한 문제지만 가해자들 또한 잊혀지고 있다.

소설의 주인공인 '숙이'와 그 가족들의 고통은 어쩌면 우리가 겪었을 일이었는지도 모른다. 故최철교 선생과 가족들이 강탈당한 세월이 한 사람만의 시간이 아니라 우리 모두가 되돌려 놓아야 할 세월로 반드시 기억되길 바란다.

2019년 10월

정 미 영

故최철교 선생 관련 사진

1980. 12월
도쿄에서 단식농성 중인 최철교 씨의 가족
사진은 같은 해 12월 잡지 <세카이>

1989.12.20.
평민당사에서 양심수 가족들과
농성 중인 최종숙 씨_앞줄 왼쪽

1981. 5.
재일한국인 정치범을 지원하는 전국회의가
양심수 석방을 위해 외무성에 보낸 요청서.
민주화운동기념사업회 보관자료

11·22 사건 관련 피해자들의
소식을 전하는 구원회 회보.
민주화운동기념사업회 보관자료

1975년. 옥중에 있는 아버지에게 보내기 위해
찍은 가족사진
(앞줄 왼쪽부터 아내 손순이(39) 차남 최승수(8)
삼녀 최경희(9) 차녀 최희숙(10)
뒷줄 왼쪽부터 장남 최희승(12) 장녀 최종숙(13))

1990년 5월 21일.
석방 후 입원한 대구 파티마병원에서.
(앞줄 왼쪽부터 최철교, 최씨의 아버지와 어머니)

2019.1.17. 서울고등법원 무죄판결 직후
앞줄 왼쪽부터 양심수였던 강종헌 씨, 저자,
최종숙 씨, 양심수였던 이철 씨.

저 벽까지

1판1쇄	2019년 11월 11일
글쓴이	황영치(黃英治)
옮긴이	정미영
펴낸곳	도서출판 품
주 소	(10884)경기도 파주시 안개초길 12-1, 302
등 록	2017년 9월 27일 제406-2017-000130호(2017.9.19.)
인쇄제작	다해종합기획
편 집	강샘크리에이션
표 지	콩보리

책값 : 14,500원